Besser geht's nicht

Besondere Geschichten
am Silbertablett

© 2017, Bundesgymnasium Porcia, Zernattostraße 10, 9800 Spittal an der Drau, www.bg-porcia.at
Lektorat: Mag.a Dr.in Alexandra Bleyer, www.alexandrableyer.at
Satz & Layout: PCS Books · Gabi Schmid, www.pcs-books.de
Cover/Grafiken: Gerrit Stoxreiter

Bibliografische Information der Deutschen Nationalbibliothek: Die Deutsche Nationalbibliothek verzeichnet diese Publikation in der Deutschen Nationalbibliografie; detaillierte bibliografische Daten sind im Internet über http://dnb.dnb.de abrufbar.

Herstellung und Verlag: BoD – Books on Demand, Norderstedt
ISBN: 978-3-7448-8319-1
1. Auflage (Oktober/November 2017)

Inhaltsverzeichnis

Vorwort

Wer das Bundesgymnasium Porcia besucht, hat sich dafür entschieden, im sprachlichen, musikalischen und kreativen (einschließlich der Möglichkeit der Teilnahme an einem Theatermodul) Bereich besonders gefördert zu werden und seine Talente ausleben zu können. Weiters haben hochbegabte junge Menschen ein Anrecht darauf, dass ihre besondere Begabung im schulischen Bereich gefördert wird.

Genau diese beiden Aspekte haben im Schuljahr 2016/17 dazu geführt, dass sich die Schule entschlossen hat, literarisch begabten SchülerInnen eine Schreibwerkstatt anzubieten, nachdem die Betreuung durch das Projekt „Schulhausroman" nicht zustande kam, denn die Förderung von jungen Schreibbegeisterten im Zuge desselben kommt ausschließlich Neuen Mittelschulen bis hin zur Veröffentlichung der entstandenen Texte zugute.

Fassungslos ob dieser Tatsache, aber gerade deswegen wild entschlossen, war klar, es wird eine Schreibwerkstätte am BG Porcia geben. Nachdem genau zu diesem Zeitpunkt und durch einen glücklichen Zufall „Fachfrau" Dr. Alexandra Bleyer mit spürbarer Begeisterung sich für die Betreuung der BG-Schreibwerkstatt bereit erklärt hat, war dieses Projekt als Zusatzangebot für unsere literarisch begabten Schülerinnen startklar. Wie qualifiziert und damit ertragreich die Arbeit von Frau Dr. Bleyer bzw. das literarische Talent unserer Schülerinnen war und ist, weiß man, wenn man die nun in gedruckter Form vorliegenden Texte liest.

Die Schulgemeinschaft des BG Porcia freut sich, dass junge Menschen mit viel Arbeit, großem sprachlichen Talent und Freude sich literarisch betätigen und nun mit berechtigtem Stolz ihre Texte vorstellen.

Zu danken ist auch Frau Dr. Bleyer für die erstklassige und fachlich höchst kompetente Betreuung unserer Jungliteraten sowie der Kärntner Sparkasse, die von Anfang an dieses Projekt finanziell unterstützt hat.

Viel Spaß beim Lesen!

Dagmar Rauter
Schulleitung BG Porcia

8

Von der Idee zum Buch

Kreativität und Lust am Schreiben: Das verbindet die Schülerinnen und Schüler, die im Schuljahr 2016/17 an der Schreibwerkstätte teilgenommen haben, über die Altersklassen hinweg. Mit dem großen Ziel – ein eigenes Buch – vor Augen, stürzten sie sich mit Feuereifer und Ausdauer in das Projekt.

Aufbauend auf theoretischen Grundlagen zum Handwerk des Schreibens und zahlreichen Übungen nahmen die Charaktere und Handlungen nach und nach Gestalt an und formten sich zu Geschichten.

Die jugendlichen Autorinnen und Autoren erschufen neue Welten und Wesen mit übersinnlichen Kräften, entwarfen einen kniffeligen Mordfall, befassten sich ernsthaft bis skurril mit dem Schulalltag, nahmen wahre Begebenheiten als Gedankenanstoß und stellten sich die Frage, wie wohl ein Hund die Welt sehen mag. Jede Geschichte ist etwas ganz Besonderes.

Liebe Johanna und Johanna, Marlene, Mariken, Hannah, lieber Timon und Julian sowie Arno und Pseudo Nym: Es war mir eine Freude und eine Ehre, mit euch zu arbeiten – und eine Mordsgaudi war es auch ;-) –, und ich bin jetzt schon gespannt auf weitere Geschichten von euch.

Ein herzliches Dankeschön an Frau Direktorin Mag. Dagmar Rauter, die auf den Vorschlag einer kreativen Schreibwerkstätte mit Buchprojekt kurz und bündig reagierte: „Das machen wir!"

Ich wünsche viel Freude beim Lesen der Geschichten!

Mag.a Dr.in Alexandra Bleyer

Kulturjournalistin, Autorin von Sachbüchern und Regionalkrimis und ausge-
bildete Schreibberaterin

(www.alexandrableyer.at)

Scotty Twist, Kathy Tyra
und das Teuflische Trio

Arno und Pseudo Nym (15 Jahre)

Wir sind keine Geschwister, sondern Freunde, und lieben es, unseren Humor durch das Schreiben auszudrücken und dabei Wortspiele einzubauen. Dies mochten wir zwei schon, als wir noch unsere Volksschullehrerin tyrannisierten. Auf die Idee für unsere Geschichte kamen wir, als wir die größten Vollidioten als Protagonisten gewählt hatten und noch dazu Zombies einbauen wollten. Ursprünglich sollte es darum gehen, dass Scotty - damals noch "List" - den Kriminalfall einer CD lösen wollte, aber sie selbst ausgeliehen hatte (vielleicht wird das noch eine Geschichte, wer weiß ;-)). Der Name "Scotty Twist" ist übrigens an das Wort "Plot Twist" angelehnt — etwas, was man in einer guten Geschichte finden sollte.

S apperlot! Jetzt ist alles voll!", fluchte Kathy. Die Tinte floss über ihre Hose, den Boden und, wie es sich im Moment für sie anfühlte, die ganze Welt. Sie fühlte salzige Tränen an ihren heiß angelaufenen Wangen fließen und alles begann, sich zu drehen. Sie sah nur die Tür; wie es schien, ihr einziger Ausweg aus dieser peinlichen Situation, und sie vernahm im Hinausstürmen schallendes Gelächter und von weit hinter ihr ein abwertendes „Kathy, was kannst du eigentlich?". Ab ins Mädchenklo. Sie war noch nie gut mit peinlichen Situationen gewesen.

Als Kathy schon draußen war, befahl die Lehrerin ihrem Lieblingsschüler, dem unglaublich attraktiven, wahnsinnig schlauen und überaus charmanten Frauenheld (alle Attribute selbsternannt) Scotty Twist, Putzmittel und einen Lappen beim Hausmeister zu holen, welcher erwiderte: „Ich, Meisterdetektiv Scotty Twist, werde mich um den alten Lappen kümmern, und ich meine nicht den Hausmeister!"

Man konnte Kathy von weitem hören und Scotty beschloss, dem Wimmern nachzugehen, bevor er dem Hausmeister einen Besuch abstatten würde. Zwar brauchte er etwas Überwindung, um in das Mädchenklo zu gehen, weil dort oft eigenartige Geräusche zu hören waren, doch er sprang schließlich über seinen Schatten. Als er um die mit Permanentmarker vollgemalte Ecke bog, erblickte er seine Klassenkollegin weinend am Boden. Auch wenn Scotty nach außen hin nicht besonders sensibel wirkte, ging er zu Kathy und drückte sie, obwohl sie noch nie ein Wort miteinander gewechselt hatten. Da er jedoch vor Aufregung schwitzte, löste Kathy sich schnell aus der Umarmung.

Sie schauten sich tief in die Augen und Scotty erkannte, dass sich sein Gegenüber eine ihrer Kontaktlinsen aus dem Auge geweint hatte, und in dem Moment knackste etwas Kleines unter seinem linken Knie. Aber das war in diesem Moment egal, denn sie mussten schnell Putzmittel holen, bevor die Stunde vorbei war.

„Kommst du mit?", fragte Scotty das Mädchen so zärtlich, wie es für den Beginn einer neuen Freundschaft nur passen konnte. Sie nickte und stand zittrig auf, bevor sich die beiden auf den weiten Weg machten.

Ihre Schritte hallten durch die momentan leeren Gänge, und in der Dunkelheit der fast fensterlosen Schule sahen sie nichts außer grässlichen Schatten um sich herum. Stille umhüllte sie, bis es Scotty zu viel wurde. Er holte tief Luft und sagte das Cleverste, was er zu bieten hatte: „Schönes Wetter heute, oder?"

Verwirrt blickte Kathy zur kahlen Wand, anstatt durch ein nichtexistentes Fenster. „Ich bin heute eine halbe Stunde im Regen zur Schule gerannt, weil mein Bus irgendwo im Matsch versunken ist. Es regnet seit einer Woche und ich habe es satt; aber ja, wenn du das schön findest, gut für dich."

Als sie nach diesem jämmerlichen Versuch eines Gespräches endlich beim Putzkämmerchen angekommen waren, fanden sie dieses ohne ihren Lieblings- und auch einzigen Hausmeister vor. Wo war er nur? Naja, einen Schwamm zu finden dürfte ja nicht so schwer sein. Auf dem Tisch war schon mal nichts zu sehen.

Erste Schublade: leer. Ebenso die zweite. Doch in der Dritten befanden sich mysteriöse, vielleicht auch schimmlige Dokumente, doch noch immer kein Schwamm.

Aber was war das?

„Kantinensteuerhinterziehungspapiere: Auf keinen Fall illegal!! Nicht ansehen!!! FSK/FKK 60!!!! P. A."

Scotty brauchte einige Minuten, um das knifflige Wort zu entziffern, doch dann realisierte sogar er, was hier vor sich ging. „Ein echter Kriminalfall!"

Scotty ging auf die Knie und sah Kathy tief in die Augen. „Kathy, das hier ... könnte ein echter Kriminalfall werden ... nur wir zwei." Er schluckte. „Möchtest du meine ... hmm ... meine Kriminalfallermittlungspartnerin erster Klasse werden?"

Kathy wurde rot. „Ja! Ich will! Aber ... wir gehen doch schon lange nicht mehr in die Erste? Nun gut, die ersten zehn Silben kann ich schon machen" Und die beiden machten einen epischen High-Five.

WUMM! Die Tür wurde aufgeschwungen und Paul Aner, der Hausmeister, betrat das Kämmerchen. „JÅ SÅG AMÅL GEHT'S EICH NOCH GUAT? IN MEI WELT EINBRECHEN??!!! AUSSE MIT EICH SCHIACHEN GFRISS!"

Kathy schnappte sich, schlau wie sie war, heimlich die Papiere und Scotty stotterte: „A... aber wi... – wir müssen d... – doch nur einen Schwamm und P...– Putzmittel holen, d... – das hat unsere L... – Lehrerin gesagt."

Auf dem Weg nach draußen wurde mit einem Schwamm, der sich wie ein Backstein anfühlte, und mit einer Flasche *Reinigungsmittel von Rein Hardi*™ nach ihnen geworfen. Die beiden hoben das Putzzeug auf und nahmen ihre Beine in die Hände. Nach kurzer Zeit bemerkten sie, dass die Schule schon aus war und die nette Putzfrau Rosi Nee gerade beim Aufwischen war und sie beide mit einer hochgezogenen Augenbraue anschaute. Scotty und Kathy stellten die Sachen zur Tür, bedankten und entschuldigten sich und machten sich jeweils auf den Weg nach Hause, mit Plänen für den Nachmittag.

Daheim angekommen bettelte Scotty seine Mutter an, Kathy bei ihnen übernachten zu lassen. Diese willigte widerwillig ein und rief Kathys Mutter an. Nach einer gefühlten Stunde kam seine Nachbarin mit ihrem gigantischen Campingrucksack (inklusive Zelt) und mit einem Skateboard an.

„Hallo Skathy!", rief Scotty, der krankhaft versuchte, witzig zu sein.

Schließlich begannen sie mit den Ermittlungen gegen Paul Aner in ihrem Detektivzelt und um fünf Uhr in der Früh waren sie sich zu 99,908 % sicher, dass ihr Hausmeister überraschenderweise Kantinensteuern hinterzogen hatte. Da ihnen allerdings noch etwas an Beweisen fehlte, beschlossen sie, der Schule abends noch einen Besuch abzustatten. Und so gingen die Ermittler endlich ins Bett.

Der Wecker weckte sie um 5:30 Uhr und ausgeschlafen wie nie, machten sich die beiden auf den weiten Weg zum Frühstück. Am Schulweg besprachen sie den Plan für die Nacht: Zuerst würden sie sich aus ihren Häusern schleichen und sich bei Gleis 3¾ beim gegenüberliegenden Bahnhof treffen, um sich anschließend gemeinsam zum Schulgebäude zu begeben. Danach würden sie mithilfe des Schlüssels, den sie an diesem Tag zu klauen planten, in das Gebäude gelangen, um sich nach Beweisen umzusehen.

Nach einem langen Schultag hatten Kathy und Scotty ihre Detektivausrüstung (für jeden eine Taschenlampe, ein zerquetschter Müsliriegel, ein halbes Wurstbrot, eine leere Pipsi™-Flasche und natürlich eine Kamera für Beweisfotos) bereitgemacht und standen nun am Bahnhof an Gleis 3¾, jeweils auf einer Seite eines Pfeilers, und fragten sich, wo der andere bloß steckte.

Erst als Scotty wegen einer seiner vielen Allergien niesen musste, bemerkte Kathy ihn und sie grüßten sich mit ihrem geheimen Detektivhandschlag vom Vortag. Auf dem Weg zur Schule zeigte Kathy Scotty den Schlüssel, welchen sie dem Direktor abgeluchst hatte.

Bei der Schule angekommen schlichen sie sich durch den Eingang der Turnsäle hinein und machten sich auf den Weg zum Hausmeisterkabinett, jedoch musste Kathy davor nochmal aufs Mädchenklo; da sie aber alleine Angst hatte, kam Scotty mit.

Jedoch war es sehr dunkel in dem sonst schon gruseligen Raum. Kathy rannte volle Kanne gegen eine Wand.

Doch was war das? Offenbar war Kathy in eine Drehtür gestolpert. War das der Weg zu einem neuen Abenteuer?

Scotty betrat den muffeligen Gang und schaltete die Taschenlampe ein, um einen Lichtschalter zu finden. Bingo! Im grellen Licht bemerkte er nun aber, dass seine Partnerin verschwunden war, und geblendet dachte er für einen Moment, einen Schatten gesehen zu haben. Musste wohl das Phantom des Opas gewesen sein. Kurz vor einer Panikattacke stehend rief er ihren Namen, nur um kurz darauf eine Klospülung, gefolgt von dem Knarzen einer alten Klotür hinter sich zu hören.

„Tschuldigung! Ich wasch mir nur noch kurz die Hände", rief sie und tappte zum Wasserhahn.

Nach dieser etwas peinlichen Situation nahmen sie den Faden wieder auf und betraten den Gang erneut, der sie zu einer Treppe führte, die nach gefühlten fünf

Stockwerken in einem kleinen Raum endete. Dieser war jedoch bis auf ein Bücherregal leer. Kathy freute sich, als sie ein Buch über die berühmtesten Persönlichkeiten der Literatur erblickte, und wollte dieses sofort aus dem Regal ziehen.

Scotty meinte mit einem Lächeln im Gesicht: „Wären wir in einem Film, würde sich das Bücherregal zur Seite schieben und ein geheimer Gang würde sich öffnen, aber das ist ja kein Film, sondern nur eine jämmerliche Kurzgeschichte."

Und in diesem Moment beschlossen die zwei Autorinnen, dass sich unter den Protagonisten eine Falltür öffnen sollte. Sie waren sich aber noch nicht sicher, ob die beiden weich landen sollten.

„Autsch! Mein Allerwertester!", rief Scotty schmerzerfüllt, Kathy ebenso.

Die Taschenlampen wurden eingeschaltet und die Ermittler erblickten einen weiteren Gang, der immer enger zu werden schien. Nach minutenlangem Kriechen kamen sie zu einer Luke, die ungefähr einen Quadratmeter groß war und sich quietschend öffnen ließ. Wohin sollte das nur gehen? Es schien so, als wären sie am Ende ihres Weges.

Kathy drückte sich an die Wand und plötzlich ward es Licht. Scotty entwich ein „Potzblitz", als er die Regale mit Reagenzgläsern erblickte. Doch das war nicht alles: In dem Raum klebten außerdem unzählige Post-It's, vollgeschrieben mit klischeehaften Horrorgestalten; Raumplänen, Karikaturen vom Schuldirektor und noch viel, viel Schlimmerem – unbeschreibliches, unaussprechliches; schlimmer als Paul Aners Ohrenhaare.

Was ging hier unten bloß vor sich? Die beiden sahen

sich etwas genauer um und entdeckten das Protokoll eines Experimentes, wobei es, nach näherer Betrachtung, um ein Serum ging, welches Menschen in einen Bruchteil ihrer Selbst verwandeln konnte (so quasi wie diese Dinge, die in den Horrorfilmen als lebende Tote bezeichnet werden, nur waren die Menschen bei diesem Serum scheinbar nicht tot. Also Lebende? Sie wissen, was wir meinen.). Zur Aktivierung des Gemisches benötigte man auch etwas Rohrohrzucker, warum auch immer.

„Das Serum scheint aber auch Totes wiederbeleben zu können. Du hast doch noch dein halbes Wurstbrot, oder, Scotty?"

Zögerlich nickte er und packte seine Notfallsration aus. Was hatte Kathy nun vor? Sie nahm sich vorsichtig eines der unzähligen Reagenzgläser mit der Aufschrift „BEREIT" aus der Stellage.

Er traute seinen Augen nicht, als sie einen Tropfen des Serums auf die Wurst fallen ließ: Die Salami begann, sich zu verformen und sich nach links und rechts zu winden, bevor sie hochsprang und davonrannte. Möglicherweise war sogar ein leises Lachen zu hören.

Scotty und Kathy schnellten nach hinten und starrten einander in die Augen. So schnell wie er nur konnte, stieg Scotty brutal auf das Stück Fleisch, und Kathy stülpte ein Glas darüber, dennoch zappelte das seltsame Etwas weiter. Nach diesem Schock gönnten die beiden sich jeweils eine Hälfte des zerquetschten Müsliriegels.

Nun galt es, herauszufinden, wer hinter dieser scheußlichen Sache steckte; jedoch war das nicht schwer, da ein Foto des Teams schön eingerahmt mit dem Namen „das tolle Trio" an der Wand hing: Es handelte sich um die Kantinenfrau Gitta Stäbe, Paul Aner (der Mann hatte wohl wirklich ordentlich Dreck am Stecken) und Dr. Ogen, den allseits beliebten Chemielehrer.

Kathy war schockiert: „Aber der ist doch viel zu nett und attraktiv für sowas!"

Scotty schüttelte den Kopf. „Er hätte Schauspieler werden sollen."

Während Scotty Beweisfotos von dem Tatort schoss, füllte Kathy einen Teil des Serums in die leere Pipsi™-Flasche und befestigte diese an ihrem Rucksack; die nun leeren Reagenzgläser versteckte sie hinter einem der vielen Schränke. Das Stück Fleisch, das leise zu fluchen schien, packte sie in ihre Wuppertare™-Box, welche sie vorsichtig in den Rucksack legte.

Die beiden machten sich auf den Weg zurück und Kathy schnappte noch ein pinkes Tagebuch, auf dem in krakeliger Schrift „Paul Aners Eigentum – (Be)treten verboten!!" stand.

Als sie aus dem Mädchenklo kamen, wollten sie nach draußen schleichen, als sie plötzlich ein lautes „HÅLT STOPP, WER IS DÅ⸮!! BLEIBTS STEHN IHR RABAUKEN!!" hörten.

Die beiden rannten so schnell wie sie nur konnten und bemerkten dabei nicht, dass die Flasche mit der bräunlichen Flüssigkeit in der Nähe der Getränkeautomaten aus dem Rucksack flog.

Nachdem sie einen riesigen Umweg gelaufen waren, kamen sie schließlich wieder beim Bahnhof an und beschlossen, sich das Tagebuch gemeinsam anzusehen. Dabei fanden sie heraus, dass ihre These korrekt gewesen war: Das Serum konnte tatsächlich Menschen in Wesen transformieren, die nicht fähig waren, zu denken, und es konnte kleine, tote Lebewesen – oder zumindest Teile davon – wieder zum Leben erwecken. Tatsächlich hatte „das Tolle Trio", oder, wie Kathy sie nannte, „das Teuflische Trio", dies ebenso an einer Scheibe Wurst ausgetestet. Laut dem Tagebuch plante das Trio irgendwann kommende Woche, den Direktor und seine Security-Männer zu infizieren, um den Aktenvernichter in dessen Büro zu benutzen, da die drei alle zusammen jahrelang die Steuern hinterzogen hatten. Zuerst war es nur Paul Aner gewesen, dann erwischte Gitta Stäbe ihn und machte mit, bevor als Letzter Dr. Ogen durch Bestechung in die Sache verwickelt wurde und das Serum perfektionierte, nur um dann freiwillig beim Team zu bleiben.

Was den Inhalt der Flüssigkeit anging, waren sich die Ermittler noch nicht sicher (die Autorinnen beschlossen hier, die Frage nach den Zutaten nicht zu beantworten, da es zu Streitigkeiten aufgrund biologischer/chemischer Inkorrektheit kommen könnte. Bitte nicht zu beachten.). Es könnte alles (und jeder) sein.

Damit hatten sie Beweise und gingen den jeweiligen Weg nach Hause, wo Scotty in sein Bett fiel, während Kathy der Wurst in ihrem alten, verstaubten Terrarium ein gemütliches Zuhause einrichtete.

Am nächsten Morgen in der Schule rannte Kathy aufgeregt zu Scotty und sagte leise: „Wir haben die Flasche irgendwo verloren …"

In diesem Moment hörten sie ein „Bwüüüag … soll das Pipsi™ sein⸮" aus der Region der Getränkeautomaten. Hatte der Schulwart die Flasche mit dem Serum in einen der Automaten gegeben⸮ Entweder schmeckte Imar Pleite, einem Mitschüler von Scotty, kein Pipsi™, oder es war die Flasche.

„Verdammt, Scotty, jetzt kosten seine Freunde auch davon! Was sollen wir nur tun? Außerdem geht doch momentan eine Grippewelle um, oder? Wenn er infiziert ist und sich das verbreitet, was ist dann?"

Doch Scotty schaute sie verzweifelt an: Nicht einmal er wusste eine Lösung.

Auf einmal quietschte er aufgeregt und teilte Kathy seinen Plan mit: „Wir gehen in den Chemiesaal! Dort klauen wir Chloroform und kidnappen dann die Infizierten!"

„Aber was machen wir dann? Es gibt ja noch kein Antiserum, wir müssen die unschuldigen Zivilisten doch nicht etwa … du weißt schon was … Sie sind doch noch viel zu jung dafür! Das haben sie einfach nicht verdient! Das Leben ist so ungerecht!"

„Doch, ich glaube, dass wir keine andere Wahl haben. Wir müssen sie dann tatsächlich …", Scotty schluckte, „zur Schulärztin bringen."

Kathy perlte eine Träne über die Wange. „So etwas Grausames habe ich noch nie tun müssen! Das können wir doch nicht machen!"

Aber ihnen blieb keine Wahl und so gingen die beiden den mindestens fünfminütigen Weg zum Chemiesaal.

„Er ist abgeschlossen, was machen wir jetzt, Scotty?"

„Entweder wir benutzen schnell meine Detektivausrüstung oder wir gehen ins Sekretariat, wo sie uns bestimmt sagen werden, dass wir da nicht hineindürfen, weil es der Chemiesaal ist."

„Die Sekretärin ist doch nicht einmal so schnell wie die Infizierten laut der Beschreibung sein sollten … Außerdem schläft die doch eh die Hälfte der Zeit. Die würde nicht einmal aufwachen, wenn die Schule brennt."

Und so geschah es: Sie brachen in das Sekretariat ein (also sie spazierten pfeifend hinein, nahmen den Schlüssel und tranken noch kurz einen Kakao) und machten sich weiter auf den Weg zum Chemiesaal. Als sie nach einer halben Stunde bemerkten, dass Scottys „Abkürzung" sie dreimal um das Gebäude geleitet hatte, fanden sie ihr Ziel doch schließlich vor – dort, wo es immer war. Neben dem Sekretariat.

„Er geht nicht rein."

„Du hältst ihn verkehrt herum, Scotty!"

Und so steckten die beiden den, wie es schien, antiken Schlüssel in das verrostete Schlüsselloch.

Scotty hustete. „Hier ist es aber staubig! Wann wurde der Saal das letzte Mal benutzt?"

„Als Herr Professor Herrmann noch jung war."

„Das ist doch schon tausende Jahre her, oder? Aber … warum liegt hier Stroh?"

„Ist ja egal, wir brauchen jetzt Chloroform."

Das Ermittlerteam fand heraus, in welchem der Gläser die gesuchte Flüssigkeit war, als Scotty daran roch und verwirrt und benebelt von seiner letzten Klassenfahrt faselte.

„Jetzt aber!", rief Kathy.

Sie rannten aus dem Chemiesaal und fanden den schnellsten Weg zur Kantine, diesmal beim ersten Versuch. Doch die Aula war menschenleer.

„Vielleicht sind sie bei den Spinden, und dort suchen sie die unschuldigen Opfer auf?"

Plötzlich kamen aus dem Klo komische Geräusche. Aber diesmal waren sie lauter und … anders.

„Teilen wir uns auf?" Doch Scotty war sich bewusst, dass dies kein Horrorfilm war, sondern, wie bereits erwähnt, eine jämmerliche Kurzgeschichte. So gingen sie letztendlich doch miteinander und er wagte den ersten Schritt in den eigenartig riechenden Raum, dicht gefolgt von Kathy. Vor ihnen hockten, nein, sie gingen schleichend auf allen Vieren, die hässlichsten Figuren, die sie je gesehen hatten, und zuerst dachten sie, es wären die anderen Mädchen aus ihrer Klasse – ohne Make-up. Aber das waren keine Menschen mehr.

„Es sind Infizierte im Endstadium."

„Echt, oder?" Scotty begann zu zittern. „Lauf, ich halte sie ab."

Und Kathy rannte direkt gegen die Drehtür. Doch sie drehte sich nicht mehr und ein ungefähr sechsjähriger Infizierter biss Kathy in ihre zehn zähen Zehen. Oh nein! Jetzt war ihr Nagellack versaut! Und laut dem Tagebuch blieb ihr nicht mehr viel Zeit. Kathy drehte sich zu Scotty.

„Mein Detektivassistenzvorgesetzter erster Klasse … scheint, als würde ich bald … auf die dunkle Seite wechseln."

„Aber wir sind doch nicht bei Sieg der Sterne!"

„Scotty, bitte hör mir jetzt zu. Ich weiß, wir kennen uns noch nicht allzu lange, aber dennoch mag ich dich sehr. Ich wollte dich nur um … um … einen Ku…"

„HATSCHIIIIII."

Ihr Schwarm hatte Kathy gerade ins Gesicht geniest, ein Traum für jedes Mädchen, Kathy konnte es jedoch nicht genießen. Doch Scottys Niesen hörte nicht auf, auch die Infizierten begannen, wirklich nass zu werden. Der Kommissar war offenbar gegen den Schimmel oder was auch immer im Mädchenklo allergisch und hatte damit Kathys besonderen Moment ruiniert.

Doch was war das? Die genässten „Viecher" begannen offenbar, sich zurückzuverwandeln. Hübsch waren sie allerdings noch immer nicht.

„Scotty! Du bist genial! In deinem ... was auch immer ... befinden sich Antikörper!!! Wir besiegen sie! Zusammen!"

Scotty nieste mehrere Liter Flüssigkeit in unzählige Taschentücher und das Team warf diese auf die Infizierten. Jetzt mussten sie nur noch das teuflische Trio finden, doch – Hoppsa! – das Gebäude wurde genau in diesem Moment evakuiert. Offenbar hatte das Militär von dem Zwischenfall mitbekommen und draußen eine Sicherheitszone errichtet

Als die Profiermittler die Schule verließen, erzählte Kathy aufgeregt dem Direktor und einer Polizistin, während ihr Ermittlungspartner vor sich hin nieste, von allem, was passiert war, bis hin zum Antiserum in Scottys Nase. Ein weiterer Polizist kam auf die „Detektive" zu: „Scotty? Wir haben einen Rucksack mit deinem Namen gefunden, ich nehme mal an, er gehört dir. Hier hast du ihn."

„Und wo sind Dr. Ogen, Paul Aner und Gitta Stäbe jetzt?", hakte Kathy nach.

„Naja, die sind bald vor Gericht. Und dann geht's hinter Gitter, also ich meine hinter Gitta Stäbe." Der Beamte, der so stolz auf seinen Witz war, konnte nicht mehr aufhören zu lachen.

Seine Kollegin klopfte ihm auf die Schulter und wandte sich Scotty zu: „Tolle Arbeit, Kleiner! Wenn du groß bist, werden wir dich sicher bei der Spurensicherung brauchen können. Hier hast du eine Schokolade."

„Und ich?", fragte Kathy.

Scotty antwortete mit einem Grinsen: „Du bekommst mich".

Der Heilige

Hannah Schusteritsch (16 Jahre)

Für Hannah Schusteritsch hat neben Musik und Schauspiel auch das Schreiben einen sehr hohen Stellenwert im Leben. Hauptsächlich schreibt sie über die Dinge, die sie beschäftigen, berühren und in Erinnerungen schwelgen lassen, dafür wagt sie sich manchmal auch an brisante Themen heran. Sie selbst sieht sich als eine Mittlerin zwischen dem Leser und den Figuren, die zu ihr kommen, damit sie deren Geschichten erzählt.

Im Sommer sollte man eigentlich nicht Trübsal blasen.

Für Fidencio sind Sommertage schön, fröhlich, bunt und laut. Nur dieser nicht.

Seine Enkeltochter Dulce, seine Ehefrau Eladia und er sind mitten im tiefsten Dunkel des kältesten Wintersturms.

In Fidencios Armen liegt eine Frau.

Seine Tochter Isabel, die so lange für die Familie gesorgt hat.

Tot, völlig leblos. Kalt, aber auch entspannt und friedvoll sieht sie aus.

Die Erlösung hat sie sich verdient. Nach all dem, was sie die letzten Monate erleiden hat müssen, nach all dem, was die Krankheit mit ihr angestellt hat. Sie ist über die Jahre hinweg so ausgezehrt worden, nur ihre Schönheit ist geblieben.

Auch für Fidencio ist es eine Erlösung. Wenn Isabel nur nicht sein größter Schatz gewesen wäre.

Pastor Gilberto ist bei ihnen. Er hebt Isabel von Fidencios Schoß, schließt ihr die Augen, faltet ihr die Hände, spricht seine Gebete, zeichnet ihr mit Weihwasser ein Kreuz auf die Stirn. Ein Wassertropfen verläuft sich und rinnt die Wange hinunter. Fast sieht es so aus, als würde sie weinen.

Genauso wie die anderen.

Fidencio weint. Dulce weint. Eladia weint. Gilberto auch.

Eladia stürzt sich auf Isabels Körper und hält ihn fest. Dulce zieht ihren Kopf ein und schluchzt in sich hinein, so als würde sie sich selbst umarmen.

Fidencio sieht das alles wie auf einem Gemälde. In

Farbe, realistisch gezeichnet. Aber er selbst nicht mitten im Geschehen. Bis ihn die Realität wieder mit sich reißt.

Sie wird jetzt nicht mehr hier sein, nicht mehr arbeiten und die Familie versorgen können. Dulce wird nie mehr die tröstenden Worte ihrer Mutter hören. Wahrscheinlich kann sie jetzt auch nicht mehr in die Schule gehen, ohne Isabel. Nur er und Eladia sind jetzt übrig, aber seine Frau ist schwer krank und hat ihre Arbeit aufgeben müssen.

Also nur noch er.

Fidencio schaut aus dem Fenster. Im Glas spiegelt sich sein Gesicht wider, dunkelrot und feucht von all den Tränen. Ihm kommt sein Abbild älter vor, als er eigentlich ist, so alt wie die sanften vertrockneten Hügel von Morelos, auf denen er seine Kindheit verbracht hat.

Und wo er seine Tochter aufwachsen gesehen hat.

Als er noch jünger war, hat er oft mit Isabel im Sommer draußen gespielt, damals hat sie nur so vor Energie gesprüht. Lieber ist sie auf seinen Schultern gesessen und hat an seinen Haaren gezerrt, anstatt neben ihm herzugehen. Beim Fluss in der Nähe seines Hauses hat sie ihn immer mit Wasser angespritzt und gesagt, sie sei jetzt eine Priesterin, sie würde ihn segnen. Dann hat Fidencio sie umgedreht und sie nach unten bewegt, sodass sie um ein Haar das Wasser berührte. Isabel kreischte vor Vergnügen.

So viel Zeit hat seine Familie einst in der Natur verbracht. Und dann wollte Eladia eines Tages nach Chicago, um eine bessere Zukunft zu suchen.

Die Freiheit Mexikos hat Fidencio seither nie mehr zu spüren bekommen. Wenn er nur einmal die Zeit zurückdrehen könnte …

„Fidencio, ich bitte dich, Kopf hoch." Mit einem Mal ist er wieder in der Realität. Der Pastor hat sich neben ihn gesetzt und drückt sanft seine Hand.

Nähe ist aber nicht das, was Fidencio jetzt gerade braucht.

„Deine Tochter ist jetzt bei Gott oben im Himmel. Ihr wird es ganz bestimmt gut gehen. Viel besser als hier, da bin ich mir sicher", versucht Gilberto ihn zu trösten.

Aber Fidencio kann nicht mehr aufhören zu weinen. Um seine Tochter, um Dulce, um Eladia, um alles, um sich selbst. Er weiß nicht, wie er jetzt weitermachen soll, ohne diejenige, die ihm schon immer Kraft gegeben hat. Er kann nicht glauben, dass es wirklich möglich ist, dass das eigene Kind vor einem selbst stirbt. Das hat er in seinen 89 Lebensjahren noch nie erlebt, das kann einfach nicht richtig sein.

Und Gilberto macht alles nur noch schlimmer. „Vertraue doch auf Gott!", wagt er einen neuen Versuch.

Doch selbst ihn kann Fidencio nicht verstehen.

Er steht auf und zieht sich seine Schuhe an. Eine Jacke braucht er nicht, es ist brütend heiß. Warum er das macht, weiß er selbst nicht. Aber eines ist sicher: Hier hält er es nicht mehr länger aus. Leise schließt er die Tür hinter sich, geht hinaus auf die Straße. Entschlossen sucht er sich seinen Weg durch sein Viertel, bis er vor einem Gebäude Halt macht. Es ist lange her, seit er es das letzte Mal betreten hat.

Paleteria Poncho. Blanca wird sich freuen. Ab jetzt hängt alles wieder an ihm.

Ein halbes Jahr später …

Paleteria Poncho, 2513 S. Pulaski Road.

Mühsam öffnet Fidencio die Tür, geht in den Innenhof, um seine Arbeit zu beginnen.

Seine Chefin Blanca erwartet ihn schon. Sie gibt ihm einen Eiswagen, füllt ihn mit dreihundert Paletas und setzt ihm die limonengrüne Kappe auf.

„Viel Glück Ihnen bei Ihrer Tour, Señor Sanchez!", sagt sie, lächelt ihn an, drückt ihm die Hand.

Er spürt ihre Energie. Die wird er brauchen.

Mühselig schiebt er seinen Eiswagen durch die Straßen Chicagos, mit jedem neuen Tag scheint er schwerer zu werden. Wenn es Sommer ist, perlt der Schweiß von seiner Stirn, wenn es regnet, dann sind es die Wassertropfen, dagegen richtet selbst die Kappe nichts aus. Im Winter kommt es hin und wieder vor, dass es schneit, diese Tage mag Fidencio besonders gerne, auch wenn er fast nichts verkauft.

Während er sich mit dem Wagen abmüht, flirrt die Großstadt an ihm vorbei, die tausend Gerüche von Auspuffgasen bis Zuckerwatte, die vielen Stimmen, teils in Englisch, teils in Spanisch, teils in anderen Sprachen; die tausenden Gesichter, die mit jedem neuen Tag mehr Statuen gleichen.

Mit jedem Tag zeigt sich eine neue Seite der Stadt. Fast wie eine Perlenkette.

Und die heutige Perle scheint ziemlich verformt.

Wie üblich geht Fidencio die Kennedy Expy entlang. Mit jedem fünften Schritt klingelt er, so lockt er Kundschaft an. In diesem Teil der Stadt ist er allerdings nicht sonderlich erfolgreich. Als Fidencio erneut klingelt, kommt tatsächlich ein Mann auf ihn zu. Noch bevor Fidencio sich freuen kann, zetert er los.

„Hör doch auf mit deiner Klinglerei! Ist dir denn nicht in deinen verdammten Kopf gekommen, dass Weihnachten schon längst vorbei ist?"

Also kein Kunde.

Der Geschäftsmann schaut ihm nicht direkt in die Augen, scheint auf etwas anderes fokussiert zu sein. Kann man denn so miteinander reden?

Fidencio rammt ihn leicht mit seinem Fahrzeug.

„Pass doch auf, du Bettler!", herrscht er Fidencio an. „Alkoholabhängiger! Schwein!"

Aber Fidencio nimmt es gelassen. Diese Worte hat er schon öfter zu hören bekommen. So etwas Ähnliches würde jeder zu ihm sagen. Aufregen kann er sich nicht, dafür ist sein Körper zu schwach.

Er sagt nichts. Der Geschäftsmann ist schon längst in die nächste U-Bahn-Station verschwunden.

Fidencio weiß nicht, was in den Menschen hier vorgeht, manchmal stützt er sich an seinem Wagen ab und denkt darüber nach. Und jedes Mal kommt er zur Erkenntnis, dass nicht einmal sie selbst es wissen können.

Wenn er jetzt in Little Italy Village unterwegs wäre, dann wäre das alles anders. Er kennt sein Viertel, das ist seine Heimat, sein Lebensmittelpunkt. Hier ist alles viel ruhiger, es gibt weniger Autos, die Leute reden miteinander, wenn sie sich auf der Straße treffen, sie wirken nicht wie Statuen, sondern lebendig. Und das Viertel kennt ihn.

Als er jünger war, hat er noch gerufen: „Paletas, pa-

letas!" Aber seine Stimme hat nachgelassen, dafür sind jetzt die Glocken da.

Wenn die Glocken klingeln, dann wissen die Leute, dass Fidencio kommt. Sie grüßen ihn, winken ihm zu, lächeln ihn an, kaufen ab und zu eine Paleta. Er lächelt zurück, zwar nur leicht, aber er lächelt wenigstens. Wenn Gilberto zu ihm kommt, schenkt er Fidencio immer erheiternde Worte. Wenn Eladia ihn sieht, ruft sie, so laut sie kann, und winkt. Dann weiß Fidencio, dass seine Familie an ihn denkt.

Manchmal kommen Kinder zu ihm und kaufen etwas, dann setzt er sich auf die nächstgelegenen Stufen und erzählt ihnen von seinem Leben. Wie er in seiner Heimat Morelos auf den Feldern bis spät in die Nacht gearbeitet hat. Wie seine Tochter gestorben ist, wie seine Frau auch Eis verkauft hat, dann aber krank wurde, und wie er versucht hat, seine Familie allein zu versorgen. Wenn er darüber redet, dann weiß er, dass die Zeit bald kommen und er sterben wird, so wie seine Tochter. Er nimmt es gelassen, er hat keine Angst vor dem Tod.

Warum auch? Für ihn ist er eine Erlösung von dem Leid, das er tagtäglich ertragen muss.

Aber ihm bleibt noch Zeit.

So geht es Monate weiter; mittlerweile ist es September geworden.

Fidencio macht weiter wie gewohnt. Nur der Wagen ist ein bisschen schwerer, und die Schwüle so drückend, dass ihm das Atmen schwerfällt, auch wenn der Sommer eigentlich schon vorbei sein müsste.

Er geht die Ogden Avenue entlang; die Straße, die aus dem Zentrum im Süden in sein Viertel führt, und hört

einen Wagen auf ihn zukommen. Das Auto bleibt direkt vor Fidencio stehen.

Komisch, was könnte man nur von ihm wollen?

Ein Mann steigt aus, grüßt ihn auf Spanisch. Diesen Mann hat er noch nie gesehen, er könnte von überall sein.

Eine Statue aus dem Süden ist er nicht, sonst hätte er Fidencio nicht einmal gesehen.

Der aufgebrachte Geschäftsmann, dem er gestern begegnet ist, ist er nicht, dann würde er ihm nicht in die Augen sehen

Fidencio will sich weiter mit seiner Herkunft befassen, als der Mann ihn um zwanzig Paletas bittet.

Zwanzig.

Er versteht die Welt nicht mehr. So viel verkauft er nicht einmal an einem Tag! Das kann doch nicht ernst gemeint sein, oder?

„Doch, ich meine das ernst", sagt sein Gegenüber und holt einen Fünfzig-Dollar-Schein aus seiner Jackentasche.

„Wer … bist du?"

„Cervantes. Joel Cervantes Macias." So hat sich ihm noch niemand vorgestellt, die meisten Leute aus seinem Viertel sagen Señor oder Señora. Muss wohl eine Eigenheit aus dem Zentrum sein.

„Hallo, Joel Cervantes Macias. Bist du ein Heiliger? So viel Eis hat noch niemand gekauft."

Er betrachtet den Fünfzig-Dollar-Schein, dreht ihn, kippt ihn. Aber nicht zu sehr, denn er möchte nicht gierig wirken. „Und so viel Geld hat noch niemand dafür gegeben. Das kann ich nicht wechseln."

„Müssen Sie auch nicht. Das ist alles für Sie", erwidert Cervantes und lacht. „Sagen Sie, wie lange machen Sie das schon?"

Fidencio versucht zu erzählen. Die Worte kommen zwar schwer, aber von einem Moment auf den anderen bricht alles aus ihm hervor wie ein Wasserfall. Er setzt sich auf den Gehsteig und erzählt ihm seine Geschichte, als wäre Cervantes ein Kind. „Ich bin schon seit dreiundzwanzig Jahren hier. Ich hätte eigentlich jetzt zuhause sein sollen. Seit einem halben Jahr schon. Aber … meine Tochter … sie ist tot. Sie hat uns jahrelang versorgt, sich um uns gekümmert. Jetzt bleiben mir nur noch meine Frau und meine Enkel."

Fidencio stockt, er kämpft mit den Tränen.

„Dulce, meine Enkeltochter, ist so süß wie ihr Name. Es ist schwer, sie und meine kranke Ehefrau alleine versorgen zu müssen. Aber an jedem Tag, an dem ich arbeiten kann und den wir schaffen, bin ich glücklich. Ich denke nie weit voraus, denn ich weiß, es gibt kein ‚weit voraus'. Die Zukunft ist für mich nichts weiter als Gegenwart und Vergangenheit. Höre mich an, Heiliger, ich bin alt und schwach, und ich bin froh, wenn ich erlöst werde. Aber gleichzeitig darf ich nicht so denken, ich muss mich ja noch um Eladia, Dulce und all die anderen kümmern."

Fidencio kann seine Tränen nicht mehr zurückhalten, sein altes, vom harten Leben gezeichnetes Gesicht wird gewaschen, es ist wie eine Reinigung, wie eine Taufe.

Cervantes drückt ihn, steht auf. „Möge Gott Sie segnen", sagt er noch, bevor er wieder in sein Auto steigt.

Er schaut ihm nach.

Das muss ein Traumbild gewesen sein, so schön war es.

Fidencio geht diese Begegnung auch am nächsten Tag nicht aus dem Kopf.

Wieder schiebt er seinen Wagen vor sich her, als er eine riesige Menschenmenge bemerkt. Anscheinend ist ein Star oder sowas in der Nähe; doch dann sieht er, dass sie sich direkt in seine Richtung bewegen.

Eine große Kolonne, bewaffnet mit tausenden Kameras und Mikrofonen. Wie Lanzen zeigen sie auf seine Brust, mitten in sein Herz.

Langsam begreift er, dass *er* der Star ist.

Entschlossen marschiert eine junge Frau auf ihn zu, sofort legt sich ein Gürtel um Fidencios Brust.

„Beryl Mason, ABC 7 Eyewitness News. Herr Sanchez, was sagen Sie zu der Tatsache, dass für Sie mehr als 100.000 Dollar gesammelt wurden?"

Hunderttausend?

Wovon redet die Dame überhaupt? Fidencio hat doch nichts gewonnen!

Zum Nachdenken bleibt ihm keine Zeit, die nächste Reporterin nähert sich ihm.

„Melissa Lynch, CNN. Herr Sanchez, warum arbeiten Sie denn immer noch?"

Fidencio will sich umdrehen, doch da kommt schon der nächste.

„David Burke, Chicago Tribune. Herr Sanchez, hat die Kampagne von Joel Cervantes Macias-" Noch bevor er die Frage ausformulieren kann, hat sich Fidencio von ihm abgewendet.

Dios mio.

Cervantes war es also.

In seinem Kopf versucht er, Antworten auf die Fragen zu finden. Aber solange er sich auch damit beschäftigt, sie kommen einfach nicht. Es sind einfach zu viele Leute um ihn.

Er möchte zumindest eine einzige Antwort geben, doch da hat sich schon eine weitere Reporterin zu ihm durchgearbeitet und verdrängt den Journalisten. Fidencio schaut ihm nach, er wirkt verärgert.

„Sophie Burns, BBC. Herr Sanchez, sind Ihre Familienmitglieder erfreut über die hohe Geldsumme, die für Sie erzielt wurde? Was möchten Sie denn mit dem vielen Geld machen?"

Fidencio dreht sich im Kreis, er braucht einen Überblick.

Um ihn hat sich eine riesige Menschentraube gebildet, er braucht nicht zu zählen, denn er weiß, dass es hunderte sind.

Warum muss es genau um ihn gehen? Was hat er getan?

Fidencio schließt die Augen und sammelt seine Gedanken. Irgendeine Fluchtmöglichkeit muss es doch geben.

Weglaufen kann er nicht, was für ein Gedanke.

Die Fragen einfach beantworten wäre eine Idee, aber was, wenn das nie mehr aufhört?

Sich in Luft auflösen ist unmöglich. Die Zeit verändern kann er auch nicht.

Nur noch beten kann er.

Verzweifelt fällt Fidencio auf die Knie. Die Reporter dreschen mit Fragen auf ihn ein, aber er sagt nichts. Ihm kommt es vor, als sei er nicht mitten im Geschehen.

Auf einem Bild, realistisch gezeichnet, in Farbe.

Dieses Gefühl kennt er doch.

„Ich bitte Sie bei allen Heiligen, lassen Sie Fidencio in Frieden!", ruft auf einmal jemand hinter ihm. Die Stimme kommt Fidencio sehr bekannt vor. Mühselig steht er auf, um nachzusehen, wer da gerufen hat.

Pastor Gilberto bahnt sich einen Weg durch die Reporter. *Danke, Gott!*

„Fidencio Sanchez hat überhaupt nichts getan, also könnten Sie bitte so nett sein und ihn in Ruhe lassen?“, schreit er. „Sehen Sie nicht, dass Sie ihn überfordern, das ist einfach zu viel für ihn!“

Und schon steht Gilberto vor ihm.

Fidencio sieht ihm ganz tief in die Augen. Am liebsten würde er um Hilfe schreien, aber er kann das nicht, seine Stimme ist zu schwach.

Doch der Blick reicht aus. Sanft und bestimmt ergreift Gilberto seine Hand, stützt ihn. Fidencio fällt komplett kraftlos in seine Arme und schließt die Augen.

Das letzte, was er noch spürt, ist Gilbertos starker Griff.

Danke, lieber Gott.

„Fidencio? Fidencio! Wach auf!“

Langsam schlägt er die Augen auf, er kann sich nicht besinnen, wo er ist. Es ist kalt und so ruhig …

„*Gracias a Dios*, du lebst noch! Du warst kurz wie weggetreten.“ Erst jetzt bemerkt er Pastor Gilberto, der sich über ihn gebeugt hat. Er zeichnet ihm ein Kreuz auf die Stirn. Als er sich von ihm wegbewegt, weiß Fidencio, wo er ist.

Über ihn erstreckt sich ein Kreuzgewölbe.

Fidencio liegt auf dem kalten Kirchenboden.

Wie in aller Welt war er hierhergekommen?

„Das ist mir noch nie passiert, dass ich diese Kirche abschließen musste, um jemanden zu schützen. Fidencio, was ist denn passiert, dass du jetzt von der Presse belagert wirst?“, fragt Gilberto forsch.

Jetzt erinnert Fidencio sich wieder.

Er steht auf, setzt sich neben den Priester auf eine Kirchenbank und erzählt ihm von seiner Begegnung mit Cervantes. Auch, dass er eine Kampagne extra für ihn gestartet hat, erwähnt er. Und wieder kommen ihm die Tränen.

Als er fertig ist, legt Gilberto seinen Arm um ihn.

„Ist dir bewusst, dass dieser Señor Macias dir eines der größten Wunder bereitet hat, die es auf der Welt gibt?", fragt er ihn sanft.

Das ist es in der Tat. Cervantes ist nichts anderes als ein Heiliger.

„Aber du musst dich auch darauf einlassen, was Gott mit dir geplant hat. Wer weiß, ob *er* die ganzen Kameraleute zu dir geschickt hat? Ich für meinen Teil gehe ganz stark davon aus, also zeige keine Scheu."

„Wie lange denn?"

Gilbertos Lippen umspielt ein leichtes Lächeln. „Irgendwann, das weiß ich, wird all das vorübergehen, und du wirst deine Ruhe haben, als wäre nichts gewesen. Dann werden sie sich auf die nächste Story stürzen."

Wenn Gilberto das sagt, dann muss es stimmen.

Irgendwann werden sie Antworten haben wollen. Und die wird er geben.

Aber erst, sobald er dazu bereit ist.

Eine Woche ist vergangen.

Fidencio hat sich an das große Interesse gewöhnt. Es sind sogar Touristen zu ihm gekommen, um ihm Essen und Geld zu schenken.

Doch die Medien lassen ihn kalt, Fragen beantwortet er nur wenige.

Fidencio nimmt heute Eladia mit, Blanca wollte sie auch wieder einmal sehen.

Aber heute steht wieder eine größere Menschenmenge vor der Paleteria. Was für ein Trubel, wahrscheinlich feiert Blanca oder ihr Mann einen runden Geburtstag.

Er sieht sich das Treiben genauer an, bemerkt, dass nicht nur Blanca und ihre Familie da sind, sondern auch eine Menge Kameraleute.

Allmählich begreift er, dass alle nur wegen ihm gekommen sind.

Hilfe.

Gilbertos Worte kommen ihm in den Kopf.

Wer weiß, ob Gott die ganzen Kameraleute zu ihm geschickt hat?

Fidencio muss sich darauf einlassen. Ein paar Wortfetzen kann er aufschnappen:

„Er ist schon immer ein Kämpfer gewesen." Das war ganz seine Chefin. „Ich habe mehrere Male mit den Gedanken gespielt, ihn vom Arbeiten abzuhalten. Aber dann habe ich mir immer gesagt, dass Fidencio wütend wird. Er wollte das alles ja."

Pastor Gilberto hebt immer wieder die Hände gen Himmel und betet.

Inmitten der vielen Kameras und Mikrofone erkennt Fidencio einen ganz unauffällig gekleideten bärtigen Mann.

Sein Heiliger.

Joel Cervantes Macias.

Fidencio kann nicht zögern, so groß sind seine Emotionen. So schnell es seine Knochen erlauben, geht er zu Cervantes, wirft sich in seine Arme.

„Hallo, Señor Sanchez. Soll ich Ihnen etwas zeigen?", fragt Cervantes und zückt sein Smartphone.

Das muss die Kampagne sein, die Cervantes gestartet hat.

Kaum hat er einen Blick darauf geworfen, fällt Fidencio aus allen Wolken.

Menschen von überall, die er nicht einmal kennt, haben tatsächlich dreihunderttausend Dollar für ihn zusammengetragen. Nein, viel mehr als das.

Die Summe überwältigt ihn. Was hat er für Cervantes getan, dass er sich das verdient hat? Was hat Cervantes alles für ihn getan?

„Doch, Señor Sanchez, das ist mein Ernst. Bald ist die Aktion zu Ende und das Geld gehört Ihnen", versichert ihm Cervantes und lächelt. „Und da gibt es noch etwas, was ich Ihnen sagen möchte. Mein Freund und ich haben einen Anwalt gefunden, der sich auf Vorsorge und Pensionsanlagen spezialisiert hat. Sie brauchen nichts zu tun, Sie können ihm vertrauen."

Er nickt nur, dann setzt sich der Heilige in Bewegung. Mit bedächtigem Schritt folgt Fidencio Cervantes, die Kameras pilgern ihm nach. In der West Washington Street bleiben sie vor einem Gebäude stehen.

Robson & Lopez Anwaltskanzlei.

Cervantes bedeutet der Presse, sie möge bitte draußen bleiben, verschwindet im Gebäude, kurze Zeit später kommt er mit einem jungen Mann wieder.

„Guten Tag, Señor Sanchez. Ich bin Salvador Lopez, Ihr Anwalt."

Er sieht in der Tat vertrauenswürdig aus.

Sie gehen die Treppe hinauf in das Büro. „Wenn Sie mich kurz entschuldigen würden, ich muss die Unterlagen holen", sagt Lopez zu ihm und verschwindet im Nebenzimmer.

Fidencio merkt, dass ihm einige Reporter gefolgt sind, anscheinend hat Lopez es ihnen erlaubt.

So langsam ist es an der Zeit, sich ihnen zu stellen.

Wer weiß, ob Gott die ganzen Kameraleute zu ihm geschickt hat?

Er geht zu Cervantes, der seinen Arm um ihn legt. Eladia folgt ihm, setzt sich rechts neben die beiden Männer. Fidencio ergreift kaum merklich ihre Hand.

Die Kameras richten sich auf ihn.

„Fidencio, sag doch etwas!", flüstert Eladia ungeduldig.

Fidencio ist sprachlos. All die Jahre hat er schwer gearbeitet, doch diese Aufgabe ist zu schwierig für ihn. Er kann sein Glück und seine Emotionen einfach nicht in Worte fassen.

Nach einer Weile richtet sich Eladia auf. Ihr kommen die Worte nur schwer über die Lippen, während sie spricht, zögert sie: „Wir sind hier im Büro unseres Anwalts mit Joel, er wird in nächster Zeit die Kampagne schließen. Ich möchte hauptsächlich Gott danken, und allen danken, die das ermöglicht haben. Möge Gott sie segnen."

Fidencio schaut verschämt auf seine Hände, als Eladia ihm das Kinn anhebt, wird er noch verlegener. Er wagt ein leichtes Lächeln, aber nur kurz.

Und dann kommen die Journalisten und ihre Fragen. Ob er glücklich ist. Was er als erstes tun wird. Ob er je von Geld geträumt hat. Ob und wie er es verteilen wird. Ob er sich jemals gedacht hat, dass ihm so etwas passieren kann.

Die meisten beantworten Cervantes und Eladia für ihn. Bis auf eine.

„Señor Sanchez, wie lange, glauben Sie, werden Sie noch arbeiten?"

Er hat gewusst, dass diese Frage irgendwann kommen würde.

Lopez kommt, er hat einen kleinen Stapel Dokumente unter seinen Arm geklemmt. „Bitte, Herr Sanchez, beeilen Sie sich."

Bestimmt wendet sich Fidencio wieder den Kameras zu.

„Ich weiß es nicht. Ich bin mir nicht sicher, ob ich aufhören kann. Aber lassen wir das, ich gehe heute noch arbeiten."

Und er schiebt seinen Eiswagen weiter durch die Straßen Chicagos. Und die Großstadt flirrt weiter an ihm vorbei. Er erzählt den Kindern wieder von seinem Leben, auch von dem heiligen Cervantes. Aber die Leute lächeln ihn jetzt an und grüßen ihn, auch im Zentrum und in Uptown, und Fernsehkameras nehmen seine Tour auf. Und immer mehr wollen seine Lebensgeschichte hören. Auch wenn es Fidencio eigentlich nicht möchte, manchmal nimmt er sich die Zeit, stellt sich vor eine Kamera und erzählt alles noch einmal. Jetzt kann er es ja.

Es ist schwer, aber doch so leicht.

Denn das ist sein Leben, und das wird es immer sein.

Er hat noch Zeit.

Diese Kurzgeschichte beruht auf dem wahren Leben des Eisverkäufers Fidencio Sanchez, der tatsächlich 23 Jahre lang in Chicago, Illinois gearbeitet hat. Am 8. September 2016 fotografierte ihn Joel Cervantes Macias auf seiner Tour und startete auf Anraten seines Freundes eine Kampagne auf gofundme.com. Bereits nach einem Tag erzielte sie mehr als 100.000 $.

Am 21. September 2016 wurde Fidencio Sanchez ein Scheck von 384.260 $ feierlich überreicht. Er ist mittlerweile in Ruhestand.

Weltenspringerin

Marlene Prix (17 Jahre)

Marlene Prix wurde in Villach geboren und besucht mittlerweile das Bundesgymnasium Porcia in Spittal. Ihre größte Leidenschaft, das Schreiben von Geschichten, entdeckte sie bereits in der Volksschule. Sie liebt es, in eine andere Welt einzutauchen und eine vollkommen Neue zu kreieren. Das Schreiben ermöglicht es ihr den Kopf freizubekommen, Stress vergessen zu können oder Dinge einfach einmal aus einer anderen Perspektive zu sehen. Neben dem Schreiben zeichnet, häkelt, liest und spielt sie auch gerne Querflöte oder besucht verschiedene Conventions, um neue Leute kennenzulernen. In Zukunft möchte sie auf alle Fälle im kreativen Bereich tätig sein und weiterhin nebenbei an ihren Büchern schreiben.

Erdrückende Dunkelheit umfing sie. Kein Laut drang an ihre Ohren.

Stille.

Romi bekam Gänsehaut und ihr Herz begann schneller zu schlagen. Gerade als die Panik beinahe nicht mehr auszuhalten war, tauchten plötzlich Bilder in der Dunkelheit auf, wirbelten um sie herum, so schnell, dass bloß ein bunter Schleier von ihnen zu erkennen war. Verzweifelt versuchte sie irgendetwas zu sehen oder sich zu erinnern, was passiert war. Doch alle Erinnerungen waren fort, da war einfach nichts.

Allmählich drangen leise Geräusche an ihr Ohr und die Bilder erstarrten, sodass sie endlich etwas erkennen konnte: eine fremde Landschaft.

Ein eigenartiges Gefühl breitete sich in ihr aus. Das Warten machte sie allmählich wahnsinnig. Als die Geräusche auf einmal explosionsartig lauter wurden, begannen ihre Gedanken zu rasen. War sie in Gefahr?

Plötzlich wurde ihr der Boden unter den Füßen weggerissen und sie versuchte sich an irgendetwas festzuklammern, doch da war bloß Dunkelheit, nichts an dem sie sich hätte festhalten können.

Sie schrie, als die Dunkelheit einem grellen Licht wich und sie mit voller Wucht aufschlug. Instinktiv riss sie die Arme vor ihr Gesicht, um sich irgendwie zu schützen, als sie über den Boden rollte und schließlich gegen etwas stieß.

Zitternd blieb sie genau so liegen und wartete mit angehaltenem Atem darauf, was als Nächstes passieren würde. Ist es vorbei? Alles ist ruhig. War sie in Sicherheit? Geräuschvoll ausatmend nahm sie die Hände vom Gesicht und rappelte sich auf. Blinzelnd sah sie sich um und erkannte, dass sie auf einer kleinen Lichtung gelandet war. Über ihr ragte ein riesiger, alter Baum in die Höhe. Seine Äste waren bloß Schatten in der Dunkelheit, die sie nach wie vor umgab. Sie kannte diesen Ort nicht und vor allem die fremden Geräusche jagten ihr einen Schauder über den Rücken. Schwer schluckend versuchte sie die Panik, die langsam wieder in ihr hochkroch niederzukämpfen, doch es war sinnlos. Sie wollte hier einfach nur weg, zurück in ihr Bett, in Sicherheit.

Sie träumte doch, oder? Der Gedanke hallte in ihrem Kopf wider, doch sie fand keine Antwort darauf. Es fühlte sich alles so real an, viel zu real, als dass es ein Traum sein könnte, doch tat es das nicht immer? Konnte man nicht noch so wirres Zeugs träumen und doch hielt man es für diesen einen Moment für das Realste auf der Welt? Die Ungewissheit trieb ihr die Tränen in die Augen, doch sie drängte sie verbissen zurück.

Ein Geräusch, das sie nicht wirklich einordnen konnte, ließ sie zusammenzucken und herumfahren. Was zum Teufel war das? Hektisch sah sie sich um und bemerkte ein kleines Licht, das etwas weiter entfernt durch die Dunkelheit tanzte. Dahinter war die Silhouette eines Menschen zu erkennen, ob es nun eine Frau oder ein Mann war wusste sie nicht, ihr war bloß bewusst, dass die Person direkt auf sie zukam, auch wenn es bis jetzt so aussah, als hätte sie sie noch nicht bemerkt.

Ganz vorsichtig machte sie einen Schritt zurück und hoffte, dass sie sich halbwegs lautlos bewegte. Am liebsten hätte sie sich umgedreht und wäre einfach so schnell sie konnte weggerannt, doch sie glaubte kaum, dass das etwas geholfen hätte. Die Person hätte sie sicher gehört und sie wahrscheinlich schneller eingeholt, als sie hätte blinzeln können. Schwer schluckend machte sie noch einen Schritt rückwärts, während sie das Licht und die Gestalt dahinter im Auge behielt und es nicht wagte, auch nur eine Sekunde wegzusehen.

Romi schaffte es bis zum Rand der Lichtung, bis sie auf einen Zweig trat, der krachend unter ihrem Gewicht zerbrach. Das Geräusch hallte im sonst so stillen Wald unnatürlich laut wider und die Gestalt blieb wie festgefroren stehen. Ohne einen Moment zu zögern oder zu überlegen rannte sie einfach los, direkt in das dichte Unterholz. Vielleicht hätte sie die Person gar nicht gesehen, wenn sie verborgen im Schatten einfach reglos abgewartet hätte, doch der Gedanke kam ihr zu spät. Immer wieder verhedderte sie sich, strauchelte und konnte sich nur mit Mühe auf den Füßen halten. Keuchend versuchte sie sich so schnell wie möglich einen Weg durch das Unterholz zu bahnen.

„Halt!"

Etwas zischte ganz knapp an ihrem Ohr vorbei und schlug dumpf in einem Baum neben ihr ein. Erschrocken schrie sie auf und tat, was die tiefe Stimme von ihr verlangte. Ihr entfuhr ein Schluchzen, als erneut Tränen in ihren Augen brannten. Diesmal schaffte sie es nicht sie zurückzudrängen.

„Bitte!", rief sie verzweifelt und blinzelte in das helle Licht.

Das kleine Licht, das der Fremde bei sich hatte, schien aus mehreren kleinen Wesen zu bestehen. Eines schwebte direkt vor ihr, sodass sie weithin sichtbar sein musste. Hinter dem Licht war der Mann immer noch bloß schemenhaft zu sehen, doch sie konnte trotzdem erkennen, dass er mit einem Bogen auf sie zielte.

„Bitte tun Sie mir nichts", wimmerte sie erneut.

Ihre Stimme klang so erbärmlich, dass er Mitleid zu bekommen schien, denn er senkte seinen Bogen. Als er jedoch einen Schritt auf sie zu machte, wollte sie zurückweichen, doch sie stieß gegen etwas und landete stattdessen auf den Boden. Der Fremde hob seinen Bogen sofort wieder an und sie zuckte zusammen.

„Nein!", rief sie und kniff verängstigt die Augen gegen das Licht zusammen. „Ich rühr mich nicht mehr, versprochen."

Zitternd schlang sie die Arme um ihren Oberkörper und presste die Lippen fest zusammen, um ein erneutes Schluchzen zu unterdrücken, während der Mann schweigend näherkam.

Als seine Stimme plötzlich ganz nah vor ihr erklang, konnte sie einen erschrockenen Laut nicht unterdrücken. Trotzdem zwang sie sich aufzublicken und sah gerade noch, dass er mit einer Hand irgendein Zeichen gab.

„Blende sie doch nicht so", hörte sie ihn murmeln, was wohl nicht für sie bestimmt war, sondern eher für das kleine Licht, das doch tatsächlich etwas zur Seite schwebte und so die Sicht auf den Fremden freigab. So verwunderlich das auch war, es trocknete nicht ihre Tränen.

„Was willst du hier?" Die Kälte in seiner Stimme jagte ihr einen Schauder über den Rücken.

„Ich … " Verzweifelt suchte sie nach Worten, doch sie wusste selbst nicht was sie hier sollte.

„Hast du verlernt zu sprechen?", fragte er barsch.

„Ich weiß es nicht", wimmerte sie.

Der Fremde brummte daraufhin nur etwas Unverständliches und ließ sich auf ihre Augenhöhe hinab.

„Du bist also kein Landstreicher?", hakte er nach und sie konnte seinen forschenden Blick auf sich spüren. „Was zum Teufel machst du dann hier?"

„Ich sage die Wahrheit", erwiderte sie schwach. Sie wollte doch einfach nur nach Hause. Wieso konnte das nicht einfach ein Ende haben?

„Du weißt es nicht?", wiederholte er und seufzte tief. In dem Blick, mit dem er sie musterte, lag keine Wut, im Gegenteil er sah sie beinahe sanft an. „Du bist eine Weltenspringerin."

Es klang nicht wie eine Frage, es war eine Feststellung, doch sie konnte damit nichts anfangen.

„Eine … was?", fragte sie vorsichtig und blinzelte die Tränen, die allmählich versiegten, fort.

Er sah sie erstaunt an und richtete sich wieder auf. „Du hast überhaupt keine Ahnung?"

Ihr Schweigen schien ihm Antwort genug zu sein, denn er hielt ihr eine Hand hin, die sie trotz seines Stimmungswechsels nur misstrauisch ansah.

„Ich tu dir nichts", meinte er und seine Stimme klang dabei ganz sanft, sodass sie sich schließlich doch von ihm hochziehen ließ. „Wie heißt du?"

„Romi", antwortete sie leise.

„Arian", verriet er ihr seinen Namen und lächelte leicht. „Komm mit."

Er stapfte voraus, doch sie zögerte. Sie kannte ihn doch überhaupt nicht, sollte sie ihm wirklich vertrauen? Romi überlegte immer noch fieberhaft, ob sie ihm folgen sollte, als er stehen blieb und zu ihr zurückblickte.

„Du wirst mir einfach vertrauen müssen", rief er ihr zu und brachte sie damit zum Seufzen.

„Ich habe keine Ahnung was ich tun soll", erwiderte

sie und blieb einfach da wo sie war. „Ich kenne diesen Ort nicht und Sie genauso wenig."

„Hör zu." Seine Stimme klang beinahe so, als würde er mit einem kleinen Kind reden. Arian kam wieder zu ihr zurück und blickte auf sie herab. Sie konnte den Ausdruck in seinen Augen nicht einschätzen und das machte sie nervös. Wie konnte sie sich sicher sein, dass er es wirklich gut mit ihr meinte?

„Ich kann mir gar nicht vorstellen, wie es für dich sein muss, überhaupt nichts von all dem zu wissen. Selbst ich hatte damals Angst und ich wusste genau worauf ich mich da einließ."

Sein Blick flehte darum, dass sie ihm vertraute, doch die Tatsache, dass er sie noch vor ein paar Minuten bedroht hatte, machte es ihr schwer. Er seufzte leise und schüttelte kurz den Kopf, als wisse er nicht mehr weiter.

„Die Welt in der du dich gerade befindest heißt Zaria. Sie ist eine der Parallelwelten, die die Erde umgeben."

„Stopp!", unterbrach Romi Arian. „Was reden Sie da?"

„Ich versuche dir wenigstens etwas zu erklären, auch wenn es wahrscheinlich nur ein Bruchteil deiner Fragen beantwortet", stellte er klar und sie nickte bloß. „Wenn du hier nicht die ganze Nacht stehen willst, dann sollten wir jetzt aber los."

„Ok", murmelte sie kleinlaut und lief schließlich mit vor der Brust verschränkten Armen neben ihm her.

„Was sind das für Dinger?", fragte sie nach einer kleinen Weile, in der das Schweigen mittlerweile unangenehm geworden war. Neugierig betrachtete sie die kleinen schwebenden Lichtkugeln, von denen eines nach wie vor ganz nah neben ihr war.

„Lya", antwortete Arian und streckte eine Hand aus.

Wie auf Befehl schwebte eines der Lichter herbei und ließ sich auf seiner Hand nieder. „Das sind Lichtwesen.

Wenn du genauer hinsiehst, wirst du einen zierlichen Körper erkennen können. Sie sehen aus, wie kleine Menschen mit einem etwas zu großen Kopf."

Schweigend betrachtete sie das winzige Wesen auf der Hand des Mannes und seufzte leise, als sie den Blick wieder in die Dunkelheit richtete und sich die Oberarme rieb, weil es allmählich echt kalt wurde. Die Dunkelheit breitete sich nur eine Armeslänge entfernt um sie herum aus und langsam kam ihr der Gedanke, dass sie versuchen sollte abzuhauen.

„Denk nicht einmal daran", holte er sie schließlich aus ihren Gedanken und sie zuckte zusammen.

„Was⸮", stammelte sie und sah ihn blinzelnd an.

„Wegzulaufen", erwiderte er und sie konnte nicht verbergen, dass sie sich ertappt fühlte.

„Woher …⸮", fing sie an, doch er unterbrach sie mit einem Kopfschütteln.

„Es war nicht schwer zu erraten, was du denkst, wenn du in die Dunkelheit starrst."

Er sah sie sanft lächelnd an, doch sie erwiderte seinen Blick nur kurz. Er schien zu versuchen freundlich zu sein und ihr Vertrauen zu erlangen, doch es war einfach schwer, sein Gerede nicht für Wahnsinn zu halten.

„Hier." Er berührte sie leicht an der Schulter. Arian hielt ihr seinen Umhang entgegen und sie griff nur zögernd danach. „Nimm schon. Du zitterst ja bereits."

„Und Ihnen ist nicht kalt⸮", fragte sie, bevor sie sich in den viel zu langen Umhang hüllte. „Nein", antwortete er knapp. „Und lass das ‚Sie', das ist hier nicht üblich."

„Bitte sehr." Nach einer gefühlten Ewigkeit, die sie schweigend nebeneinanderher gewandert waren, stieß Arian die anscheinend schwere Tür zu einer kleinen Hütte auf und winkte sie hinein. Romi war sich nach wie vor nicht sicher, ob es nicht doch besser wäre wegzulaufen und zu hoffen, dass sie irgendwie von alleine nach Hause fand. Seufzend sah sie noch einmal zurück und konnte nichts außer Dunkelheit erkennen.

Resigniert ging sie ihm schließlich hinterher und sah sich verstohlen in dem kleinen Raum um. Jeder Winkel schien hier so gut wie möglich genutzt zu werden und einiges, das sie sah, verursachte ihr eine Gänsehaut. Was war jetzt schlimmer? Diese Waffen hier oder die Dunkelheit? Sie wusste es nicht, doch mittlerweile war sie kurz davor auszuprobieren, ob sie sich vielleicht draußen wohler fühlen würde.

Arian schien bemerkt zu haben, dass sie abrupt stehen geblieben war, denn er hatte sich zu ihr umgedreht und sah sie entschuldigend an. „Die Waffen sind hauptsächlich zum Jagen und Üben da."

„Üben?", hakte sie vorsichtig nach, ohne den Blick von den kleinen, ungewöhnlich geformten Schwertern und den anderen Waffen, die sie nicht wirklich zuordnen konnte, zu nehmen.

„Selbst die erfahrensten Weltenspringer gelangen hin und wieder in eine Dunkelwelt und dann sollte man wissen, wie man sich verteidigt."

„Dunkelwelt?"

Allmählich schwirrte ihr der Kopf von all dem und sie wünschte sich nichts sehnlicher, als sich in ihrem Bett zu verkriechen und nie mehr herauszukommen.

Arian sah sie mit gerunzelter Stirn an und schien zu

überlegen, wie er ihr das alles erklären sollte, ohne, dass sie danach noch verwirrter war.

„Ich muss wohl von ganz vorne anfangen", sagte er schließlich und bat sie mit einer Handbewegung, sich neben ihn auf sein Bett zu setzen. Während er mit leerem Blick nachzudenken schien, nahm sie neben ihm Platz. Die Füße angewinkelt und die Arme um sich geschlungen beobachtete sie ihn schweigend. Seine dunklen, beinahe schwarzen Augen sahen durch sie hindurch und er schien ihren Blick gar nicht zu bemerken. Romi erinnerte sich an den eigenartigen Ausdruck, der öfters in seinen Augen aufgetaucht war, als sie noch draußen im Wald gewesen waren. Er hatte ihn unglaublich jung, aber auch zugleich steinalt wirken lassen, als hätte er mittlerweile zu viel gesehen oder erlebt, um wirklich noch der sein zu können, der er einmal gewesen war. Eine helle Narbe, die sich von seinem Kinn bis zum Ohr hinzog, ließ nur vermuten, dass er bereits in einer dieser Dunkelwelten gelandet war, und der Anblick ließ sie schwer schlucken.

Wenn sie wirklich eine Weltenspringerin war, wie sollte sie noch während dem Sprung eine Dunkelwelt von einer anderen unterscheiden können und vor allem, wie sollte sie da überleben und zurückfinden?

„Fang einfach damit an zu erzählen wer du eigentlich bist", schlug sie vor, als sie die Stille und ihre wirren Gedanken langsam nicht mehr aushielt.

Der leere Ausdruck verschwand sofort aus seinen Augen und er sah sie direkt an, während er anfing zu erzählen.

„Viele junge Springer nennen mich Hüter. Ich bin hier, wenn sie ankommen, und kümmere mich um sie, ich

versuche ihnen ihre Gabe so gut wie möglich zu erklären und ihnen beizubringen wie man in den Dunkelwelten überlebt. Einige kommen alleine schon sehr gut zurecht, aber es kommen immer mehr Erstspringer, die kaum etwas wissen. Unsere Kultur verschwindet langsam und ich bin einer von den wenigen, die sich darum kümmern, sie weiterzugeben. Kennst du das Sprichwort ‚friss oder stirb‘? So ist es in unserer Welt, entweder man steht fest mit beiden Füßen auf dem Boden oder man geht unter. Ich konnte selbst nur überleben, weil mir jemand geholfen hat, und das möchte ich nun auch tun. Die jungen Springer nennen mich Hüter, weil ich für sie sorge, ich bin ihr Mentor.“

Sie senkte kurz den Kopf, weil sie seinen Blick nicht mehr erwidern konnte und nicht wusste, was sie sagen sollte. Sollte sie nicht mehr dazu zu sagen haben? Immerhin erzählte er ihr, wenn das alles wirklich stimmte, gerade davon, dass ihre Kultur ausstarb. Aber irgendwie ging ihr das nicht nah, ihr war es redlich egal, alles was sie wollte, war die Tatsache zu ignorieren, dass sie wohl oder übel dazugehören sollte.

„Wieso gibt es die Weltenspringer überhaupt?“, sprach sie deshalb die nächste Frage an.

„Darüber weiß ich nicht viel. Niemand, den ich je getroffen habe, konnte mir mehr erzählen. Vieles ist leider verloren gegangen. Es gab Zeiten, in denen wir gejagt wurden, und auf einigen Dunkelwelten werden wir das immer noch. Weißt du, dass früher auf der Erde Hexen verfolgt und getötet wurden?“

„Sicher“, antwortete sie knapp und sah ihn wieder an. Auf was wollte er hinaus?

„Die Parallelwelten sind von ihnen erschaffen worden.

Sie wollten dort in Sicherheit sein. Über Jahrhunderte hinweg entwickelten sie sich so weit, dass keine Rituale mehr nötig waren, um springen zu können. Sie erschufen so etwas wie ein Gen und damit wieder eine ganz eigene Rasse von Hexen."

„Die Weltenspringer", unterbrach Romi ihn und zerzauste sich ungläubig ihre kurzen Haare. Hieß das, dass die ganze Geschichte ihren Ursprung auf der Erde hatte?

Arian nickte bestätigend und fuhr fort. „Zuerst erschufen sie bloß eine Welt, doch mit der Zeit wurden es immer mehr. Eigene Zivilisationen entstanden dort. Technologie, fabelhafte Wesen, alles geriet allmählich außer Kontrolle, bis die Welten von selbst entstanden und diesmal waren es Dunkelwelten, die von grausamen Kreaturen beherrscht wurden. Nun gab es nicht nur Parallelwelten, jetzt gab es Licht- und Dunkelwelten."

„Wie kann man sie auseinanderhalten?", unterbrach sie ihn leise und sah ihn stirnrunzelnd an.

„Das werde ich dir alles im Training sagen", erwiderte Arian. „Du wirst viel Übung brauchen, bis du wirklich verstehst, was ich meine."

Romi nickte nur und seufzte leise, weil sie versuchte sich all das zu merken. „Aber wieso ich?", fing sie schließlich doch wieder an zu reden. „Warum bin ich eine von euch, wenn ich überhaupt nichts weiß?"

„Mittlerweile hat sich das Gen so weit zurückgebildet, dass die Gabe erst in einem Alter von zwanzig bis fünfundzwanzig Jahren bemerkbar wird und magische Fähigkeiten kaum noch vorhanden sind. Wenn man bedenkt, dass damals die Hexen die Gabe von Geburt an hatten …"

„Warte!" Ihr war auf einmal kalt und heiß zugleich

geworden. „Gibt es jetzt gar keine Weltenspringer mehr, die jünger sind?"

„Nein." Arian sah sie stirnrunzelnd an. „Auf was willst du hinaus?"

„Na, hältst du mich für zwanzig?", gab sie zurück. „Ich bin sechzehn!"

Er wirkte nicht überrascht, aber ein sorgenvoller Ausdruck, der ihr irgendwie Angst machte, hatte sich in seine Augen geschlichen.

„Ist das schlimm?", bohrte sie mit zittriger Stimme nach. Sie wollte nicht noch eine Hiobsbotschaft hören, ihr war schon der Gedanke, dass sie eine Weltenspringerin war zu viel.

Arian antwortete ihr nicht, er stand bloß auf und fuhr sich durch seine roten Haare.

„Was hast du gemacht, bevor du gesprungen bist?"

Romi sah ihn mit großen Augen an, während sie angestrengt nach der Antwort suchte, doch ihre Erinnerungen waren nur verschwommen. „Ich weiß es nicht. Ist beim Sprung etwas passiert?"

„Nicht beim Sprung muss etwas passiert sein, sondern davor", erwiderte er. „Das ist doch ewig nicht mehr vorgekommen." Er sagte das so leise, dass sie es beinahe nicht hörte und sie wusste nicht, ob es überhaupt für sie bestimmt war.

Ohne ein weiteres Wort holte er eine hölzerne Schale, die mit fremdartigen Schriftzeichen übersät war, und setzte sich im Schneidersitz wieder auf das Bett.

„Bitte antworte mir", flehte sie und konnte nicht verhindern, dass ihre Stimme weinerlich klang. Es machte ihr Angst, wie er sich plötzlich verhielt.

Arian musste bemerkt haben, dass sie kurz davor war

zu weinen, denn er sah auf und blickte sie sanft an. „Ich will herausfinden was passiert ist. Jetzt kann ich noch nicht sagen, was das bedeutet."

Aufmunternd drückte er eine ihrer Hände in ihrem Schoß und widmete sich dann wieder der Schale. Sein Mund bewegte sich, während er stumm etwas vor sich hinmurmelte und das Gefäß wie in Trance anstarrte. Romi beobachtete ihn und versuchte die Tränen, die in ihren Augen brannten, zurückzudrängen und sich darauf zu konzentrieren, was er machte. Als er schließlich mit einer Hand über den Rand der Schale strich und deren Boden anfing feucht zu glänzen, als hätte jemand Wasser hineingeschüttet, rückte sie etwas näher, um besser sehen zu können. Tatsächlich sammelte sich eine klare Flüssigkeit in dem Gefäß und schlug leichte Wellen, als hätte Arian hineingeblasen. „Faszinierend nicht wahr?", hauchte er leise und es war beinahe so, als hätte er Ehrfurcht vor dem was in dem Behälter vor sich ging. Sie selbst wusste nicht, was sie empfinden sollte. Würde sie das irgendwann auch können?

Romi schob ihre Bedenken schließlich beiseite und wollte sich genauso wie Arian über die Schale beugen, doch der schüttelte leicht den Kopf. „Du wirst nichts außer dem Wasser erkennen können. Nur derjenige, der die Magie beschwört, kann etwas sehen."

Seufzend rückte sie wieder etwas beiseite und beobachtete ihn. Den Kopf auf den Knien ihrer angezogenen Beine abgestützt, versuchte sie aus der Mimik des Mannes herauszulesen, ob ihr etwas Schlimmes geschehen war, doch Arian starrte beinahe ausdruckslos in die Flüssigkeit. Nach einer halben Ewigkeit schreckte er hoch und fuhr sich mit beiden Händen über sein Gesicht.

Langsam begann er den Kopf zu schütteln, während er noch einmal ein paar Worte murmelte, um die Schale zu leeren.

Als er das Gefäß neben sich auf das Bett stellte, sah er sie so sorgenvoll an, dass es ihr wieder die Tränen in die Augen trieb. Was war passiert?

„Es war, wie ich befürchtet hatte", fing er schließlich an und die Art, wie er mit ihr sprach, gefiel ihr gar nicht. Es kam ihr so vor, als sähe er sie plötzlich mit anderen Augen, als würde er auf einmal darauf achtgeben, ob sie aushielt, was sie erfuhr.

Romi schluckte schwer und versuchte nicht hier und jetzt die Fassung zu verlieren.

„Das Gen hat dich beschützt", redete Arian weiter. „Du bist eine unglaublich mächtige Weltenspringerin. Dein Gen ist so stark ausgeprägt, dass es dich vor dem, was geschah, beschützen konnte."

Tränen brannten ihr in den Augen. Sie wollte das nicht hören, doch es war wichtig. „Deine Eltern und du hattet einen Unfall," redete er weiter und ihr blieb beinahe das Herz stehen. „Du wärst dabei gestorben, hätte dich das Gen nicht hierher befördert."

„Dann ist doch alles gut oder?"

Romi musste schwer schlucken, um überhaupt ein Wort herauszubekommen. „Meinen Eltern geht es gut, nicht wahr? Ich springe später einfach wieder in meine Welt und alles ist wie vorher."

„So einfach ist das leider nicht." Er griff nach ihrer Hand und drückte sie leicht. Was wollte er ihr damit sagen?

„Das Gen hat dich nicht nur hierher gebracht, es hat auch einen magischen Vorgang ausgelöst, der deine gesamte Existenz auf der Erde ausgelöscht hat. Es hat dich nicht nur vor dem Tod bewahrt, sondern auch davor, als Weltspringerin erkannt zu werden."

„Was?" Sie brachte das Wort nur mit Mühe heraus. Nun konnte sie die Tränen nicht mehr zurückhalten, sie nahmen ihr die Sicht, als sie ihre Hand zurückzog und aufsprang. „Willst du damit sagen, dass ich für sie gestorben bin?" Romi wischte die Tränen energisch weg, doch sie konnte ein Schluchzen nicht unterdrücken. „Ich kann nicht zurück?"

„Jegliche Erinnerungen an dich wurden gelöscht. Du wärst für jeden eine vollkommen fremde Person." Arian stand ebenfalls auf und sah sie an, als würde er liebend gern etwas anderes sagen.

Romi schlug sich eine Hand vor den Mund, um zu verhindern, dass sie hysterisch aufschluchzte. Arian machte einen Schritt auf sie zu und schien plötzlich nicht mehr zu wissen was er tun sollte.

„Da ist noch etwas", sagte er leise. Sie sah ihn durch einen Schleier aus Tränen fragend an. Was kam denn jetzt noch? „Die Menschen, die du für deine Eltern hältst, können unmöglich deine leiblichen sein."

„Das ist nicht wahr!", sagte sie lauter, als sie wollte. „Du musst dich irren. Das …" Unfähig weiterzureden schluchzte sie auf und sah ihn flehentlich an. Wild schüttelte sie den Kopf und schlang ihre Arme um ihren Oberkörper, sie konnte das einfach nicht glauben.

„Romi …" Arian schien selbst nach den richtigen Worten zu suchen. „In deiner Familie müsste es Weltenspringer geben, so stark wie dein Gen ausgeprägt ist. Du müsstest von uns am besten von all dem Bescheid wissen, denn du bist die mächtigste Weltenspringerin seit

unzähligen Generationen. Ich irre mich ganz sicher nicht, so leid es mir auch tut.“

„Du willst mir also sagen, dass …“

Romi brachte es nicht über sich, es auszusprechen, es kam ihr alles so unwirklich vor. Wenn sie es nicht aussprach, vielleicht würde sie dann endlich aus ihrem Albtraum aufwachen? Nein. Tief in ihrem Inneren spürte sie, dass das kein Traum sein konnte, es tat einfach viel zu sehr weh, dies alles zu erfahren. Ein hysterisches Schluchzen entfuhr ihr, als ihre Füße einfach unter ihr nachgaben und sie auf dem Boden zusammensank.

Arian wollte sie stützen, doch sie wehrte ihn ab. Unfähig auch nur ein Wort hervorzubringen, vergrub sie ihr Gesicht in ihren Händen und kümmerte sich nicht mehr darum ein Schluchzen zu unterdrücken.

„Bitte …“ Ein Weinkrampf nach dem anderen machte es ihr unmöglich ihren Satz zu beenden.

Arian schien nicht mehr zusehen zu können, wie sie wie ein Häufchen Elend am Boden hockte, denn er zog sie sanft hoch und nahm sie in die Arme. Zuerst wehrte sie sich dagegen, hätte ihm am liebsten an den Kopf geworfen, dass er doch an allem schuld sei, weil er unbedingt hatte nachforschen müssen, doch das war vollkommener Blödsinn. Schließlich gab sie ihre Gegenwehr auf und vergrub ihr Gesicht an seiner Brust.

„Es tut mir so leid“, wisperte er.

Sie wusste nicht wie lang sie beide einfach nur dagestanden hatten, doch schließlich löste sie sich von ihm und murmelte leise eine Entschuldigung. Arian lächelte sie aufmunternd an und führte sie zu seinem Bett zurück.

„Und jetzt?“, fragte sie mit noch immer zittriger Stimme.

„Sehen wir zu, dass du lernst mit deiner Gabe umzugehen. Um alles andere kümmern wir uns, wenn es so weit ist", erwiderte er und drückte sanft ihre Hand, als befürchte er sie könnte wieder anfangen zu weinen.

„Und es gibt keine Möglichkeit, dass ich wieder zurück kann? Irgendeine Art von Magie, die das ungeschehen machen könnte, oder auch nur die kleinste Hoffnung, dass du dich irrst?" Sie konnte einfach nicht lockerlassen und sein Kopfschütteln trieb ihr wieder die Tränen in die Augen, doch sie versuchte sich zusammenzureißen.

„Komm mit." Er hielt ihr eine Hand hin, um ihr aufzuhelfen. „Ich bring dich erst einmal zu den anderen, damit du wenigstens noch etwas Schlaf bekommst. Oder ist es dir lieber, wenn ich dir hier ein Schlaflager einrichte? Wenigstens für heute Nacht?"

Stumm schüttelte sie den Kopf, sie hatte zwar nicht wirklich Lust gerade jetzt auf die anderen Weltenspringer zu treffen, doch sie wollte auch nicht, dass Arian die ganze Nacht bei ihr hockte. Sie wollte einfach nur alleine sein und vergessen, was geschehen war.

„Ich schaff das schon", erwiderte sie knapp, sodass er einfach nur einen Arm um ihre Schulter legte und sie aus seiner Hütte führte.

Als sie am nächsten Morgen aufwachte, kam es ihr für ein paar Sekunden so vor, als hätte sie alles nur geträumt. Doch als sie in den spärlich beleuchteten Raum blinzelte, wurde ihr bewusst, dass sie immer noch auf Zaria war. Die anderen Mädchen, mit denen sie gestern Nacht nicht mehr als ein paar Blicke getauscht hatte, schliefen neben ihr noch tief und fest.

Im Raum war es so still, dass ihr der Herzschlag un-

natürlich laut vorkam und sie fasste einen Entschluss.

So leise wie möglich schlug sie ihre Decke zurück und schlüpfte in ihre Schuhe. Das war ihre letzte Gelegenheit von hier wegzukommen. Arian würde sie erst gehen lassen, wenn er sicher war, dass sie ihre Gabe beherrschte. Sie wusste, dass er es nur gut meinte, doch sie konnte hier nicht bleiben, ohne noch einmal auf der Erde gewesen zu sein. Sie musste mit eigenen Augen sehen, was passiert war, vorher würde sie sich mit all dem nicht abfinden können. Romi wollte sich nicht jeden Tag die Frage stellen müssen, ob es nicht doch besser gewesen wäre, auf eigene Faust loszulaufen und zu versuchen nach Hause zurückzukehren.

Vorsichtig stieß sie die Tür auf und sah hinaus. Auf der kleinen Lichtung rührte sich nichts. Nervös sah sie zu Arians Hütte. Er könnte sie durch eines der kleinen Fenster sehen, doch sie hoffte, dass er noch schlief. Schließlich rannte sie einfach los und sprintete so schnell sie konnte in die schützenden Schatten des Waldes, der die Hütten umgab. Romi blickte nicht zurück und schob den Gedanken, dass Arian womöglich wütend sein würde, wenn sie wieder auftauchte, energisch zurück. Sie musste sehen, was passiert war, egal wie weh es tun würde, sie musste einfach zurück.

Mit wild klopfenden Herzen bahnte sie sich ihren Weg durch den Wald und versuchte sich krampfhaft daran zu erinnern, was sie beim ersten Sprung getan hatte, doch die Erinnerungen waren immer noch verschwommen.

„Ich will einfach nur zurück", murmelte sie leise, auch wenn sie nicht wusste, ob das etwas brachte. „Die Erde, schick mich zurück." Kurz blieb sie stehen und schloss die Augen, wartete, ob etwas geschah, doch nichts tat sich. Die bedrückende Dunkelheit zog sie nicht in ihren Bann, die Geräusche des Waldes waren immer noch da.

Leise fluchend setzte sie sich wieder in Bewegung. Irgendwie musste das doch funktionieren!

Sie wusste nicht wie viel Zeit vergangen war, als sie plötzlich etwas bemerkte. Die Geräusche des Waldes schienen auf einmal von ganz weit herzukommen und dunkle Flecken tauchten in ihrem Blickfeld auf. Ein triumphierendes Lächeln schlich sich auf ihre Lippen. Sie konnte es ja doch! Das Lächeln verschwand aber sofort, als ein stechender Schmerz durch ihren Körper schoss und sie plötzlich auf dem Boden landete. Es fühlte sich so an, als würde sie etwas in die eine Seite ziehen und etwas in die andere. So hatte es sich aber vorher ganz sicher nicht angefühlt!

Romi stöhnte auf, als sie in die Dunkelheit gezogen wurde und das Gefühl, das sie beinahe auseinander gerissen wurde, blieb. Verschwommene Erinnerungen fluteten ihre Gedanken und ihr kam wieder die ungeheure Kraft, die sie erfasst und aus dem Auto geschleudert hatte, in den Sinn. Sie hörte wie ihre Eltern ihren Namen riefen, sah das Wasser unter sich und dann nur mehr die Dunkelheit, mit der alles angefangen hatte. Es stimmte, was Arian erzählt hatte, sie hatte einen Unfall gehabt.

Die Flut an Erinnerungen brach auf einmal ab, als sie spürte, dass sie wieder durch die Luft geschleudert wurde. Ihr Herz schlug ihr bis zum Hals und sie versuchte sich zu entspannen, denn sie wusste bereits was geschehen würde. Das einzige, was anders war, war der Schmerz, der sie zu zerreißen schien.

Romi schrie auf, als eine der Kräfte auf einmal loszulassen schien und sie auf harten, steinigen Boden prallte. Der Aufschlag presste ihr die Luft aus den Lungen und sie blieb kurz benommen liegen, bevor sie es schaffte zitternd aufzustehen.

Ein eigenartiges Gefühl kroch in ihr hoch, als sie sich umsah. Dicker Nebel nahm ihr beinahe die Sicht und ein fauliger Geruch lag in der Luft, der es ihr schwer machte zu atmen. Dürre Bäume versperrten ihr die bereits klägliche Sicht und es sah beinahe aus, als würden deren Wurzeln den Fels, auf dem sie gelandet war, formen. Ein Blick hinter sich ließ sie erschrocken zusammenfahren. Dort war nichts außer Dunkelheit. Das war nicht die Erde. Angst kroch in ihr hoch. Wenn das nicht die Erde war, konnte es sein, dass sie auf einer …

Ein tiefes Knurren ließ sie zusammenfahren. Rote Augen, zuerst ein Paar, dann immer mehr, tauchten vor ihr im Nebel auf. Magere Körper konnte sie dort ausmachen und sie spürte die Hitze, die von den Kreaturen ausging. Ihr Herz schien für einen Moment auszusetzen, als eines der Viecher schleichend näherkam. Zitternd machte sie einen Schritt zurück, wohlwissend, dass hinter ihr nur der Abgrund war. Zähne blitzten auf, als das Knurren in ein Kreischen überging und die Bestien auf sie zustürzten.

Kiefer schnappten nur Millimeter vor ihrem Gesicht zu, als sie samt der Monster zu Boden fiel. Scharfe Krallen bohrten sich in ihren Bauch und sie schrie auf, als sich eines der Wesen in ihrem Arm verbiss, den sie schützend hochgerissen hatte.

Romi schrie auf vor Schmerz und Angst, als sie plötzlich zurückgerissen wurde. Sie spürte noch scharfe Zähne an ihrer Wange und den brennenden Schmerz, doch dann war da nur mehr Dunkelheit, die Kreatur kam nicht mehr dazu richtig zuzubeißen.

Immer schneller wurde sie von der einen Welt in die andere gezogen und jeder Sprung schwächte sie mehr. Die Dunkelheit umfing sie, ohne dass sie etwas tun konnte, und der Schmerz wütete in ihrem Körper, während die Kräfte in ihr einen Kampf ausfochten. Jeder innere Kampf wurde schmerzhafter und sie wusste nicht, was sie tun sollte.

Als sie schließlich noch einmal hart aufprallte und dann auf einmal unterging, hatte sie nicht die Kraft, um an die Wasseroberfläche zu schwimmen. Das Wasser brannte in ihren Wunden und sie versuchte sich irgendwie zu bewegen, doch es war sinnlos, sie konnte nur hoffen, dass das Gen sie erneut retten würde. Kleine Sterne explodierten vor ihrem inneren Auge und sie konnte den Drang nach Luft zu schnappen nicht mehr unterdrücken, als sie auf einmal schwach zurückgezogen wurde.

Die Dunkelheit umfing sie, doch gleichzeitig schien sie noch im Wasser zu sein. Romi war zu benommen, um wirklich Angst zu haben. Ihr Blut rauschte ihr in den Ohren, als sie auf einmal durch die Dunkelheit geschleudert wurde. Sie nahm kaum wahr, als sie plötzlich etwas Warmes umfing. Es war als würde sie jemand umarmen, als würde die Wärme von einem anderen Körper, von einem Menschen oder mehreren ausgehen. Das Gefühl war beruhigend, es gab ihr die Kraft Luft zu holen, auch wenn sie kaum welche in ihre Lungen bekam.

Als sie plötzlich wieder hart aufprallte, war das Gefühl sofort weg. Hustend hatte sie keine Kraft mehr sich aufzurichten. Sie nahm bloß ein eigenartiges Gefühl wahr. Es war als bemerke sie intuitiv, dass sie in einer gefährlichen Welt gelandet war. Sie bekam kaum Luft und schaffte es beinahe nicht, das Wasser, das ihr das Atmen schwer machte, auszuspucken.

Ein Kreischen, ließ sie zusammenzucken und die Augen, die sie zuvor zusammengekniffen hatte, öffnen. Weitere schrille Laute, die schmerzhaft hoch waren, erwiderten den ersten. Schatten huschten durch die beinahe alles verschluckende Dunkelheit und sie spürte den Boden unter sich vibrieren. Als plötzlich etwas auf ihr landete und der unnatürlich kalte Körper schwer auf ihr lag, spürte sie wie eine innere Kraft sie wegzuzerren versuchte. Sie bemühte sich einen Sprung zu erzwingen, spürte wie er teilweise einsetzte, die Dunkelheit sich immer wieder über sie stülpte, doch sie konnte sie nicht festhalten.

Schließlich erstarb das mittlerweile wohlbekannte Gefühl des einsetzenden Sprunges und sie keuchte verzweifelt auf. Das Wesen über ihr starrte sie aus gelben, schlitzförmigen Augen an und Geifer tropfte aus seinem Schnabel auf sie herab. Sie schrie erschrocken auf, als er sich dort, wo er sie traf, in ihre Haut fraß. Das Ding genoss doch tatsächlich, wie sie sich kläglich unter dem schweren Körper wand. Nach kurzer Zeit schien das Wesen aber genug zu haben, denn es kletterte von ihr herunter. Das Biest sprang wie verrückt vor und zurück und starrte sie mit irrem Blick an.

Als es erneut aufkreischte und dann plötzlich ganz still wurde, ballte sie die Hände zu Fäusten und machte sich für den nächsten Schmerz bereit.

Ein Windhauch verriet ihr, dass sich das Wesen wieder neben sie gehockt haben musste. Etwas berührte sie am Kopf, strich ihr durchs Haar, es war eine zu behutsame Berührung für dieses Wesen, doch sie erkannte das nicht wirklich. Verzweifelt versuchte sie sich wegzudrehen, schlug mit den Beinen schwach um sich, doch sie traf nur Luft.

„Ganz ruhig." Sie erkannte die Stimme, doch sie wusste nicht, ob sie bloß halluzinierte. Romi konnte nicht aufhören sich zu wehren, sie wand sich unter seiner Berührung.

„Romi!" Sie spürte jemandes Gewicht auf sich und das machte ihr nur noch mehr Angst. „Mach die Augen auf! Ich bin es, Arian."

Langsam öffnete sie die Augen auf und erkannte ihn, der von einer Lya beleuchtet wurde.

„Lass mich los!", wimmerte sie leise und blinzelte schwarze Flecken weg, die sie in die Bewusstlosigkeit ziehen wollten. Sein Gewicht verschwand sofort.

„Ich wollte nicht, dass du dich selbst verletzt."

Als ein erneutes schrilles Kreischen sie zusammenzucken ließ, rief eine fremde Stimme, dass sie endlich verschwinden sollten. Unzählige Schatten kündigten an, dass nicht nur eine Bestie auf dem Weg zu ihnen war.

„Es tut mir leid", murmelte Arian leise, als sie aufschrie, weil er sie nicht gerade behutsam hochhob und damit einen stechenden Schmerz durch ihren Körper jagte. Romi schluchzte, teils vor Erleichterung, teils wegen der Schmerzen leise auf, als sie ihre Arme um seinen Hals schlang und ihr Gesicht an seiner Schulter vergrub. Etwas zog an ihrem Körper und schleuderte sie in die bedrückende Dunkelheit.

Die ganze Zeit konnte sie Arians Arme fest um sich spüren und das beruhigte sie ungemein. Grelles Licht blendete sie, als sie die kleine Lichtung mit den Hütten erkannte. Romi konnte nicht verhindern, dass aus Erleichterung noch mehr Tränen über ihre Wangen rannen.

„Schon gut“, wisperte Arian sanft in ihr Ohr. Leise stöhnte sie auf, als er mit ihr in seine Hütte eilte und sie behutsam in sein Bett legte. Als Arian wieder neben ihr auftauchte und sich vorsichtig neben sie setzte, drehte sie den Kopf. Sie konnte ihn nur verschwommen sehen und zuckte unwillkürlich zusammen, als er ihren verletzten Arm berührte.

„Es wird wehtun aber es hilft, in Ordnung?“, warnte er sie sanft vor. Sie nickte kaum merkbar und konnte sehen, wie er kleine Phiole über ihren Arm hielt. Kaum hatte nur ein Tropfen der Flüssigkeit ihre Wunde berührt, zuckte ein brennender Schmerz ihren Arm hoch. Unwillkürlich wollte sie ihn zurückziehen, doch Arian hielt sie fest, sodass sie ihm den Arm nicht entwinden konnte, und plötzlich war da nichts mehr, kein Schmerz, einfach nur Dunkelheit und seine gedämpfte Stimme, die ihr sagte, dass alles gut werden würde.

Die Tage verstrichen, ohne, dass sie etwas mitbekam. Ein Fiebertraum jagte den nächsten. Immer wieder schreckte sie hoch, doch länger als ein paar Sekunden schaffte sie es nicht wach zu blieben.

So vergingen Wochen, bis das Fieber sank und sie begann, wieder etwas von ihrer Umgebung wahrzunehmen. Die ganze Zeit war jemand bei ihr. Arian. Er hatte sich neben seinem Bett ein Lager aufgebaut, damit er immer zur Stelle war, falls sich ihr Zustand verschlechterte.

Romi konnte sich kaum noch daran erinnern, was passiert war, bis er ihr erzählte, dass sie fortgelaufen war,

unkontrollierte Sprünge eingesetzt hatten und sie von einer Dunkelwelt in die nächste geschleudert worden war. Er hatte sie schließlich mittels Magie und einigen anderen Springern aufspüren und im letzten Moment retten können.

Die letzten Wochen hatte er um ihr Leben gekämpft und sie musste froh sein, dass sie überhaupt wieder aufgewacht war. Sie hatte eine ungeheure Menge eines Giftes abbekommen, das die letzte Kreatur abgesondert hatte. Da sie kraftlos und verletzt gewesen war, hatte sich die Heilung verzögert.

Beinahe die ganze Zeit, die sie geschwächt im Bett verbringen musste, war Arian bei ihr. Er erzählte ihr viel über die Lya, die ihn auf Schritt und Tritt zu begleiten schienen, und darüber, wie er als junger Springer in die beinahe selben Schwierigkeiten geraten war wie sie.

Oft saß er auch nur schweigend bei ihr und leistete ihr Gesellschaft.

Romi fand sich immer mehr mit den Gedanken ab, dass Zaria nun ihre neue Heimat war. Sie hatte in den anderen Springern, die sie allesamt wie eine kleine Schwester, auf die man achtgeben musste, behandelten, neue Freunde und in Arian so etwas wie eine Vaterfigur gefunden. Je mehr sie von ihrer Kultur erfuhr, desto mehr konnte sie sich mit ihr identifizieren.

Trotz allem fasste sie, während sie den anderen Springern durch eines der kleinen Fenster beim Training zusah, den Entschluss, dass sie irgendwann ihre leiblichen Eltern suchen würde. Ihr war klar, dass es lange dauern würde, bis sie bereit dafür war, doch irgendwann wollte sie herausfinden, wohin sie wirklich gehörte. Sie wollte wissen, welche Welt ihre Heimat war und Arian

würde sie dabei unterstützen, da war sie sich mittlerweile vollkommen sicher.

Quantum Glass

Julian Brandstätter (17 Jahre)

Julian Brandstätter wurde am siebten Oktober 1999 in Spittal an der Drau geboren. Seit seinem elften Lebensjahr weiß der Schüler ganz genau, was er einmal werden will. Brandstätter strebt dem Ziel entgegen, nach der Matura in Wien Physik zu studieren, um schließlich irgendwann Theoretischer Physiker zu werden und auf den Spuren von Albert Einstein, Erwin Schrödinger (der Kerl vom 1000-Schilling-Schein) und Max Planck (so mancher dürfte die »Max-Planck-Diät« kennen) zu wandeln. Ob man es glauben mag oder nicht, aber der Autor hegt seit eben jener Zeit auch den Wunsch, als Schriftsteller Menschen zu unterhalten und sie zum Nachdenken anzuregen. Brandstätter erklärt seine Liebe zu beiden (augenscheinlich vollkommen konträren) Disziplinen folgendermaßen: »Bei der Physik geht es um das Verstehen des Universums und all der Wunder in ihm, während man als Autor ein Universum nach seinen eigenen Ideen und Vorstellungen formen kann.«

Ehrgeizig und zielorientiert wie er ist, ist er sich sicher, eines Tages beides als Beruf ausüben zu können. Hin und wieder passiert es zwar, dass der Ehrgeiz beim Zuhören im Unterricht etwas nachlässt, weil sich Brandstätter wieder einmal in ganz anderen Sphären befindet, aber das ist nicht weiterhin schlimm. Auch ist ihm das allmorgendliche Aufstehen um halb fünf Uhr keine unangenehme Sache mehr, denn wer täglich schreiben will, muss sich die Zeit dafür nehmen. So steht Brandstätter jeden Tag extra neunzig Minuten früher auf, als es eigentlich nötig wäre, um noch einige Seiten in einem seiner Romane abzutippen. Die Motivation dazu ist immer gegeben.

ie blinzelte gegen die Sonnenstrahlen an und atmete tief ein. Die Kälte füllte ihre Lungen und ein angenehmes Kribbeln kroch ihren Rücken hinab. Dann wandte sie ihren Blick dem Kennington Park zu. Windböen erfassten die blattlosen Äste und schlugen sie gegeneinander. Die Kälte drängte Detective Meredith Glass in das Gebäude hinein, doch sie brauchte noch einen winzigen, einen flüchtigen Moment der Ruhe, in dem sie sich auf ihre Arbeit vorbereiten konnte.

Hinter ihr räusperte sich jemand. Die zurückhaltende Art verriet Detective Zachary Drake. „Wenn du jetzt reinkommen könntest, Meredith?" Doch anstatt weiterzusprechen, schwieg ihr Kollege und verharrte einfach hinter ihr. Meredith ließ zu, dass der Winter ihr Wärme entzog. Kein Burberry-Trenchcoat der Welt hätte ihn daran gehindert. Es mag eine seltsame Angewohnheit gewesen sein, doch so spürte sie, dass sie lebte. Dass sie aufrecht in der Welt stand. Dass keine Leichenflecke und Einschusslöcher ihren Körper überzogen.

Drake räusperte sich erneut.

„Was gibt's?", fragte sie und drehte sich um.

„Die Spurensicherung ist beinahe fertig und Kylie hat eine erste Einschätzung." Zachary stand im Eingangsbereich und wartete. So wie er es immer tat.

„Sehr gut", murmelte Meredith und zog in ihren schwarzen, hoch geschlossenen Einsatzstiefeln an ihm vorbei. Sie stieg die Treppe hoch und vernahm die hölzerne Umgebung. Doch nichts roch so schlimm wie der Tod. Hätte sie gekonnt, wäre sie die Treppe wieder hinuntergelaufen und hätte sich vor die Tür gestellt, wo sie der Leichengeruch in Ruhe gelassen hätte, doch das konnte sie nicht.

Vereinzelt blitzten Blutspritzer im schütteren Haar des alten Mannes auf. Das weiße Hemd des Anzugträgers hing aus dem Hosenbund heraus und seine Brille lag zerbrochen neben seinem Kopf. Sie schätzte ihn auf Ende vierzig.

„Kylie, was hast du für uns?", fragte Meredith und näherte sich der Frau, die neben dem Toten kniete.

„Eine abgelaufene Metrocard und einen untreuen Freund. Du?", erwiderte die Gerichtsmedizinern und grinste schelmisch.

Meredith schmunzelte. „Ich spreche von der Leiche, McMillen."

„Das hättest du ja auch früher sagen können." Sie kicherte. „Dem Kreuz in der Brust zur Folge war es mal sicher kein Selbstmord." McMillen zog einen Mundwinkel hoch und tippte mit ihren behandschuhten Fingern auf das Eisenkreuz. „Wenn das noch nicht seltsam genug ist, wird dir das sicher gefallen. Sieh dir das an!" Die Medizinerin schob das Hemd hoch und zeigte auf die Haut des Opfers. Rote Punkte und gerötete Stellen verteilten sich über den gesamten Oberkörper. „Das sind Petechien und Erythema. Wahrscheinlich von einer Autoimmunerkrankung."

Sie warf Kylie einen skeptischen Blick zu. „Weitere Auskünfte bekommst du, wenn ich mit der Obduktion fertig bin. Im Institut ist gerade nicht viel los, außerdem werde ich mich beeilen, aber nur weiĺs du bist. Vielleicht schaffe ich es heute noch. Mal sehen."

„Wunderbar, K. Eine Frage noch …", hob Meredith an.

Kylie kam ihr zuvor. „Den Zeitpunkt des Todes würde ich zwischen neun und zehn Uhr abends ansetzten. Gemäß Lebertemperatur und Leichenflecken."

„Danke", erwiderte Meredith knapp und klopfte ihrer langjährigen Freundin auf die Schulter. An die entstellten Gesichtszüge einer Person, die den Tod kommen sah, wollte sie sich niemals gewöhnen. Sie konnte es nicht. Meredith erhob sich, blickte auf die Leiche herab, atmete einmal tief ein und wieder aus. Dann ging sie.

Im Flur, einige Meter von der Leiche entfernt, grüßte Meredith ihre Kollegen Olivia Evans und Nate Foster. In ihrem Nacken spürte sie den Atem ihres Partners, der wohl hinter ihr stand. Sie ignorierte Zachary einfach und wollte sofort alles Relevante über das Opfer wissen.

„Markus Finkenstein, fünfundvierzig, Quantenphysiker. Beschäftigte sich mit der Suche nach einer Weltformel, wenn man Twitter trauen kann", berichtete Nate.

Skeptisch hob sie eine Augenbraue, sah zum Opfer, dann wieder zu Foster und runzelte die Stirn.

„Sie wissen schon: Urknall und so", erläuterte Olivia.

Das hilft mir nicht gerade weiter. „Letzte Arbeitsstelle?"

Olivia blätterte in ihrem Block. „Imperial College. Er war Dozent und sehr medienpräsent wegen irgendwelcher Thesen ..."

Meredith trat zurück ins Appartement. An dieses Hintergrundwissen wollte sie anknüpfen, doch zuerst musste sie wissen, wie ein Markus Finkenstein gelebt hat.

Und so stand als nächstes die Wohnungsinspektion auf ihrer Liste. Zusammen mit Drake begann sie das Schlafzimmer zu untersuchen. Dieses gab jedoch nichts Spannendes her. Nach einer Stunde waren die anderen Räume ebenfalls als unauffällig abgetan, doch beim Wohnzimmer wurde sie stutzig.

Mister Finkenstein war mittlerweile abtransportiert worden. Von seinem Körper zeugte nur noch ein breiter Blutfleck am weißen Teppich. Um diese Stelle herum befanden sich Tische und Stühle aus Mahagoni. Ausladende Buchregale und sperrige Möbel umgaben Meredith, ließen sie erste Schlüsse ziehen.

Teure Möbel, kitschige Souvenirs aus China und Russland, türkische Teppiche. Es schien, als wäre Finkenstein viel rumgekommen. Vielleicht wurde er von einem Basarhändler, der sein Geld nicht bekam, getötet? Sie schüttelte ihren Kopf und schmunzelte über diesen Gedanken, selbst wenn sie wusste, dass alles möglich war. Meredith kräuselte die Lippen und legte ihre zusammengepressten Zeigefinger darauf. Sie hatte nichts Verdächtiges gefunden. Noch nicht.

Den ersten Telefonaten und Berichten der Spurensicherung nach würde sich die Anzahl der Verdächtigen stark einschränken lassen, weshalb Meredith die Sache etwas klarer sah. Finkensteins Familie schied aus, da sich diese in Übersee befand. Zudem mied das Opfer sozialen Kontakt. Doch ein Physiker kam nicht um die Zusammenarbeit mit Kollegen herum. Meredith sah darin ihre Chance.

„Also, wessen Tür treten wir als erstes ein?", fragte Zachary, während er den BMW in eine Parklücke nahe dem Gebäude des Imperial Colleges manövrierte.

„Finkensteins engster Vertrauter und Kollege war ein gewisser Michail Uljanow. Sie haben zusammen sogar vor wenigen Wochen einen Artikel publiziert." Sie sah vom Notizblock auf.

Ihr Kollege nickte und grinste schelmisch. „*Kollegen,*

hm‽ Ob die beiden sich immer so gut verstanden haben‽"
Er schlug die Autotür hinter sich zu. „Wohin‽"

„Einfach mir nach." Meredith stapfte voran über den Campus, direkt auf den Westeingang zu. Mit der Hilfe eines Studenten und den Wegbeschreibungen einiger Professoren fanden sie schließlich Uljanows Büro.

„Detectives‽ Vom Morddezernat‽ Ja, dann kommen Sie herein", begrüßte sie der Physiker. Sie setzten sich, während Meredith einen Blick um sich warf. Jeder Ordner und jede Tafel waren beinahe penibel genau platziert. Sogar die Vorhänge und die Bleistifte neben dem Kaffeebecher waren akkurat angeordnet.

„Sie sind wegen Markus hier, stimmt´s‽"

„Woher wissen Sie das‽", fragte Meredith, versuchte Anzeichen für Schuld zu entdecken, doch der gebürtige Russe wirkte einfach nur traurig.

Er winkte mit einer abfälligen Geste ab. „Das ist leider kein Geheimnis, aber eine Tragödie. Gerüchte machen hier schnell die Runde. Ich bin untröstlich."

Meredith notierte sich einige Details. Seine Reaktion, seine Körperhaltung, auch manche Wörter. „Würden Sie sagen, dass Sie mit Finkenstein einen guten Freund verloren haben‽ Immerhin haben Sie zusammen einen Artikel veröffentlich."

„Wir waren Kollegen, aber mehr dann auch nicht. Und alleine haben wir das Paper nicht veröffentlich. Stephan Phillips war ebenso involviert." Bisher sprach seine Körperhaltung und auch die Ruhe, während er sprach, für seine Unschuld. Was noch lange nichts heißen musste.

Sie setzte ihren Bleistift am Notizblock an und mus-

terte Uljanow. „Wo waren Sie gestern zwischen neun und zehn Uhr abends?"

Nervös rutsche Uljanow auf dem Stuhl herum und hob seine Hände. „Sie verdächtigen doch nicht etwa mich?" Meredith hob eine Augenbraue, musterte ihn skeptisch. „Gut. Ich war bei meiner Freundin. Wir haben Zeit miteinander verbracht."

Fürs erste hatte sie genug gehört, fragte jedoch nach der Telefonnummer seiner Freundin. Dann verließ Meredith das Büro und tätigte in seiner Abwesenheit einen Anruf, dabei meldete sich eine gewisse Samra Amunet und bestätigte das Alibi. Überzeugt legte sie auf und ging wieder zurück ins Büro. Auf ihre Nachfrage hin, ob Markus Finkenstein Probleme oder Feinde gehabt hätte, antwortete Uljanow:

„Feinde, nein. Aber ..."

„Aber was?", fragte Meredith ruhig.

„Er hat sich mit dieser *Paula Green* getroffen und ..."

„Und was?", erwiderte sie im selben Tonfall.

„Green ist wahnsinnig, vollkommen gemeingefährlich. Exorbitant eifersüchtig. Sie hat ihrem ehemaligen Lebensgefährten den Arm gebrochen, als sich dieser von ihr trennte." Der vollbärtige Russe senkte sein Haupt und zeigte ihnen ein Foto. Sie wechselte mit Drake einen Blick und war sie sicher, dass er dasselbe dachte wie sie: *Eifersucht ist eines der Hauptmotive für Mord.*

Sie verabschiedete sich bei ihm und eilte mit Zachary im Schlepptau bei der Tür hinaus. Meredith hatte sich jedes Detail von Paula Green gemerkt. Als sich eine Wolke zur Seite geschoben hatte, warf Meredith einen flüchtigen Blick in den Himmel. Die Sonne stand nun schon deutlich steiler als noch am Morgen. Mit wieder vor sich gerichtetem Blick entdeckte sie die Mauern der Bibliothek.

Keine fünfzig Meter von den Türen entfernt hielt Drake plötzlich. „Meredith, erinnerst du dich an das Bild von Green?", fragte Zachary.

Ein leises Seufzen drang über ihre Lippen. „Das ist keine fünf Minuten her. Warum fragst du?" Sie folgte der Richtung seines Zeigefingers, der auf eine Gestalt hinter den Sträuchern deutete. „Die Frau dort sieht doch verdammt nach Green aus, oder?"

Ihre Augen fokussierten die Verdächtige. Ohne auf Drake zu achten, hastete sie los. Zweige schlugen ihr entgegen und lösten eisige Schauer aus, die ihren Rücken hinabliefen. Sie duckte sich ein letztes Mal, dann war sie aus dem Gebüsch heraus.

„Paula Green? Scotland Yard. Ich bin Meredith Glass", sagte sie. „Wir hätten da ein paar Fragen bezüglich Dr. Finkenstein."

Meredith hielt inne und streckte ihr die Hand entgegen, im selben Moment riss sich diese gewaltsam los und stürmte in die andere Richtung davon. „Das gibt's doch nicht!"

Sie lief der Brünetten hinterher und blendete alles andere aus. Ihre Füße bewegten sich, ohne dass sie nachgedacht hätte. Studenten schreckten zur Seite, während sie Green nicht aus den Augen ließ. Der Campus ging in den Parkplatz über. Nebel trübte ihre Sicht, doch sie sah Greens Schatten.

Langsam begann Merediths Herz schneller und schneller zu schlagen, trotz ihres täglichen Trainings. Green war schon greifbar, aber für eine Physikerin verdammt schnell. Meredith streckte ihre Hände aus. *Nur*

noch ein kurzes Stück. Trotz des Winds hörte sie Paulas tiefes Schnaufen. *Ein Stück noch.* Sie stürmte blind für alles andere weiter. Dann huschte vor ihrem Auge ein Schatten vorbei, der sich auf Green schleuderte und jene am Boden fixierte.

„Verdammt!", schrie Meredith und trat den Angreifer reflexartig in den Rücken.

Zachary stöhnte auf und funkelte sie böse an. Ihren Fehltritt wischte sie mit einem zahnreichen Grinsen beiseite. „So stürmisch kenn ich dich gar nicht, Zachary." Dann wandte sie sich an die Fixierte. „Ach, und, Miss Green, wir hätten da ein paar Fragen bezüglich des Mordes an Markus Finkenstein."

Unverständliche Worte, quollen aus dem Mund der Physikerin. Merediths verhielt sich ruhig und starrte Green einfach an, woraufhin sich diese beruhigte. „Gut! Aber Ihr Kollege soll mich erst mal loslassen. Außerdem: *Ich* bin unschuldig!"

Zachary half ihr auf. „Warum flüchtet jemand, wenn er unschuldig ist?"

Mit verschränkten Armen musterte Meredith Paula Green, die sich den Schneematsch und die Steinchen von der Hose wischte. „Ich mache diesen Job schon sehr lange, und kann Ihnen sagen, nur die Bösen nehmen Reißaus", sagte sie und sah zu ihrem Partner. Zachary schmunzelte, bemühte sich sein Lachen zurückzuhalten.

„Gott! Ich weiß, wie das wirken muss."

„Überhaupt, wenn man bedenkt, was es für Gerüchte Ihre Person betreffend gibt", warf Zachary ein.

„Exakt. Warum sind Sie davongelaufen?"

Paula stieg von einem Fuß auf den anderen und kratzte sie sich am Hinterkopf. „Ich hab so eine Art Polizei-

„Phobie", sagte die Frau, ließ es aber eher wie eine Frage klingen.

„Ich lasse das einfach mal so im Raum stehen, und will Ihnen glauben", erwiderte Meredith, wenngleich sie ernsthafte Zweifel hatte. „Wie war Ihr Verhältnis zu Markus Finkenstein?"

Paula Green verschränkte ihre Arme. „Verhältnis? Ich hätte ihn erschlagen können, diesen Arsch! Hat sich von mir getrennt, weil ich wahnsinnig sein soll. Bah!"

Meredith blieb ruhig und näherte sich Paula. Aber nur ganz langsam. „Wo waren Sie gestern zwischen einundzwanzig und zweiundzwanzig Uhr?" Weglaufen und ohne Grund alles abstreiten machte Paula nicht gerade unschuldig.

Green schwieg. „Schwer zu sagen. Ich weiß nicht einmal, was ich heute Morgen gegessen hab. Ich glaub, ich war in der Bibliothek."

„Kann das jemand bestätigen?", hakte Zachary nach.

„Ich hab mich von den Kameras beobachtet gefühlt … Aber Menschen? Nein, da war niemand." *Von Kameras beobachtet gefühlt …?*

Meredith holte ihr Smartphone und schrieb Foster eine Nachricht, in welcher sie ihn bat, das Videomaterial anzufordern und es so rasch wie möglich zu überprüfen. „Wir werden Ihr Alibi kontrollieren." Sie zögerte einen Moment. „Kennen Sie irgendwelche Menschen, die Markus Finkenstein schaden wollten?"

Paula sah vom Boden auf. Schwarzer Himmel und einige Äste, mehr konnte Meredith nicht in der Blickrichtung der Physikerin wahrnehmen. Was auch immer dort oben war, sie erkannte es nicht. „Eigentlich hat er sich mit allen gut verstanden. Am besten wohl mit seinem

Kollegen Michail Uljanow. *Aber* da war dieser Stephen Phillips, mit dem er sich oftmals fürchterlich stritt. Der ist *wirklich* irre."

Meredith bedankte sich bei ihr und überreichte Paula ihre Visitenkarten. Sie ging davon aus, dass es ihr nichts bringen würde, aber sie tat es trotzdem. Eine Nachricht aus dem Dezernat teilte ihr mit, dass die Liste der potenziellen Verdächtigen um ein weiteres Stück geschrumpft ist. Es waren zu wenig Personen involviert, als dass sie etwas übersehen durfte. Sie waren sich beide einig, dass Uljanow und Green zwar noch längst nicht aus dem Rennen waren, dass aber die Priorität bei Stephen Phillips lag. Je weniger von den Ermittlungen wussten, desto besser für sie.

Über das Mordmotiv konnte Meredith nur rätseln. Dass Finkenstein in letzter Zeit viel mediales Echo bekam, wusste sie bereits. Vielleicht war Phillips schlicht eifersüchtig gewesen. Aber das waren Mutmaßungen. Dennoch war klar, dass es bei solchen Dingen immer um viel Geld ging. Überhaupt wenn das Militär mit im Spiel war – so sie dem Getratsche einiger Studenten und Professoren glauben konnte. Aber selbst darauf konnte sie sich nicht verlassen.

Zachary wollte eine Pause einlegen und verschwand ohne Grund, doch Meredith fragte nicht weiter nach. Er würde wohl schon wissen, was er tat. Sie machte sich auf den Weg zu einigen hochrangigen Forschern und stellte ihnen allen ein und dieselbe Frage: „Wie ist Stephen Phillips?" Nicht nur die Professoren, sondern auch einige Studenten erzählten ihr immer wieder dasselbe.

Nachdem sie sich verschiedenste Meinungen angehört hatte, setzte sich Meredith auf eine Bank und starrte in die Ferne. Ihre müden Augen folgten einem Eichhörnchen, das im Schnee nach Nüssen suchte. Ein Seufzen drang über ihre Lippen. Warten war eine Qual. In der Ferne erkannte sie Zacharys schwarzes Haar.

Mit zwei Coffee-To-Go Bechern gesellte sich Zachary zu ihr. „Der ist für dich. Hast du was Neues herausgefunden?"

„Nein. Foster meinte zwar, er würde sich bald melden, aber es hat immer noch nicht geklingelt." Sie warf einen flüchtigen Blick auf ihre Uhr. „Vier nach drei. Wenigstens weiß ich jetzt, dass die Allgemeinheit Phillips für psychisch instabil und arrogant hält." Sie zog ihren Mantel fester und blies in die Schaumkrone.

Zachary nickte. „Vergiss die *Eiskönigin*, du bist die *Eispolizistin*", witzelte er und beobachtete die Rauchwolken seines Kaffees.

Sie schlug einen Fuß über den anderen. „Soll das heißen, dass ich eiskalt und grausam bin?" Er verschluckte sich und versuchte sich zu erklären, doch Meredith lachte. „Vergiss es. Ist schon gut."

Lady Gagas *Pokerface* ertönte. Ein warmes Gefühl ging von ihrem Herzen aus und vertrieb die Kälte für einen Moment. Am Display stand *Nate Foster*. „Hey. Gut. Das dachte ich mir bereits. Apropos, was ist mit Kylie? ‚Nicht viel zu tun' klingt schon mal vielversprechend. Was ist mit der Verdächtigtenliste?" Sie hielt einen Moment inne. „Danke."

Sie packte das Telefon in die Manteltasche und kniff ihre Augen zusammen. „Was ist?", wollte Zachary wissen, rückte ein Stück an sie heran.

Meredith fühlte sich etwas leichter, roch den ange-

nehmen Duft von Eichenholz, das von den Bäumen hinter ihr kam. „Nate hat die Videos mit der Erlaubnis des Dekans über die iCloud eingesehen. Paula Green war wirklich die ganze Nacht in der Bibliothek. Sie ist zwar von Tisch zu Tisch gewandelt und hat immer wieder neue Bücher gesucht, hat aber nie den Raum verlassen. Unsere Liste ist auch nicht länger geworden. Befragungen von Seiten Foster und Evans verweisen nur auf den kleinen Kreis von Verdächtigen, die alle hier arbeiten."

„Großartig. Und wegen Green: Ich hätte alles darauf gesetzt, dass sie ihn getötet hat …" Sein Blick schweifte ab.

Noch bevor sie etwas erwidern konnte, meldete sich Lady Gaga erneut. Meredith spürte, wie das aufregende Kribbeln zurückkehrte. „Wenn man vom Teufel spricht …", begrüßte sie Kylie McMillen locker.

„Die Höllenpforten haben immer für dich geöffnet!" Die Medizinerin kicherte. „Warte." Meredith vernahm das Rascheln von Papier und das Quietschen eines Drehstuhls. „Das Opfer wurde mit einem stumpfen Gegenstand erschlagen. Dann wurde ihm ein Eisenkreuz zwischen den dritten und vierten Rippenbogen gerammt. Täter wahrscheinlich eins achtzig groß und achtzig Kilo schwer. Ich hab Abschürfungen an den Händen gefunden, wahrscheinlich von Kampfhandlungen. Das Beste kommt aber erst."

Meredith aktivierte die Lautsprecherfunktion, damit sich Drake auch ein Bild davon machen konnte. „Erinnerst du dich noch an die Petechien und Erythema?", fuhr Kylie fort, „Diese dermatologischen Anomalien stammen nicht von einer körpereigenen Krankheit, sondern von *radioaktiven* Stoffen. Meredith, jemand hat das

Opfer vergiftet. Und das schon vor über zweieinhalb Wochen."

„Zur Zeit der Veröffentlichung dieses Fachartikels!", schloss Meredith. „Whoa! Radioaktiv? Wieso hat er das nicht gemerkt?" Sie merkte, wie der Abstand zwischen ihr und Drake schrumpfte.

„Radioaktive Isotope können durch die Umwelt aufgenommen werden oder sie werden bewusst verabreicht. Durch die Nahrung etwa. Ich hab etwas nachgeforscht. Der einzige Ort, welcher für diesen speziellen Isotopentyp in London infrage kommt, ist die radiochemische Abteilung am Institut für Medizin. Rate mal, an welcher Uni dieses Institut ist." Erneutes Papierrascheln drang durch den Hörer.

„Am Imperial College", sagte Meredith gleichzeitig mit Drake.

„So sieht's aus. Bin zwar kein Psychologe, aber ich würde mal darauf tippen, dass es dem Mörder nicht schnell genug ging. Das ist aber nur eine Annahme.", spekulierte die Medizinerin.

„Gute Arbeit. Das Aufklären von Morden lässt du schön unsere Sache sein", sagte Meredith und fuhr sich durch ihr Haar. „Du weißt nicht zufälligerweise, wer sich um die radioaktiven Stoffe am Institut kümmert?"

Ein überlegenes Kichern drang durch das Smartphone zu ihren Ohren. „Und die zuständige Person heißt ... nach der Werbung geht's weiter!"

„Kylie?", seufzte Meredith und verdrehte die Augen.

„Schon verstanden. Er heißt Peter Miller. Meine inkompetenten Kollegen meinten, Miller verwalte die Radionuklide und sei ein pessimistischer, dauergenervter Mensch. Macht ihn sympathisch, wenn du mich fragst."

Sie beendete das Gespräch, woraufhin sich Meredith von der Holzbank erhob und sich nach Zachary umdrehte, damit sie sicher sein konnte, dass er es ihr gleich tat. Sie eilten über den Campus – wieder auf die Hinweise von Studenten angewiesen – zum Institut für Medizin.

Peter Miller reichte ihnen flüchtig die Hand. „Ich würde ja gern mit Ihnen sprechen, bin aber beschäftigt." Der Chemiker senkte sein Haupt und widmete sich seinem PC.

„Mister Miller, vertrauen Sie mir, die Zeit für ein paar Fragen werden Sie haben, ansonsten haben Sie vielleicht bald sehr viel Zeit. Im Knast." Meredith verschränkte ihre Arme, als der Chemiker kleinbeigab und sie bat, sich zu setzen.

„Das klingt … bedrohlich. Mutter Theresa bin ich ja nicht, aber ein Mörder?"

Sie ging nicht davon aus, wollte aber keine Spur außer Acht lassen. Und trotzdem: Dieser Mann hatte Zugriff zu jenem Gift, das Finkenstein ohne Zweifel auf qualvollste Art und Weise umgebracht hat.

„Ich kann Ihnen versichern, man kommt nur in die Nähe der Radionuklide, wenn man sich in ein Verzeichnis einträgt und ich mit im Raum bin. Irgendwer muss das Ganze ja auch überwachen."

„Tja, und? Merken Sie nun, warum wir hier sind?" Wie kann man zwei Doktortitel haben und dennoch so schwer von Begriff sein …?

Petar Miller nickte und faltete seine Finger auf dem Tisch.

„Perfekt. Wo finde ich dieses Verzeichnis?", fragte Meredith.

Er öffnete widerwillig eine Datei auf seinem Computer vor ihm und ging auf Merediths Anliegen zweieinhalb Wochen zurück. „Ende Februar gab es wenige Zugriffe. Einen Moment … Am siebenundzwanzigsten wurde eine größere Menge Polonium-210 entnommen." Der Chemiker wandte sich vom Bildschirm ab. „Dieses Isotope wird normalerweise für den Einsatz von Alpha-Strahlung genutzt." In seine Stimme schlich sich etwas Betroffenes. „Polonium-210 ist zudem absolut tödlich."

„Wer hat die Menge entnommen?", fragte Meredith und drängte sich näher an den Bildschirm. Sie erkannte trotzdem nichts. Der Name war zu unscharf.

Petar zögerte.

„Wer?", fuhr sie ihn schärfer an.

Er antwortete mit leiser Stimme: „Stephan Phillips."

Sie ließ sich nichts anmerken, selbst wenn es mittlerweile wirklich interessant wurde. Um auf die Statistik zu verweisen: Mehr als neunzig Prozent der Morde im Vereinigten Königreich werden von Familienmitgliedern oder Kollegen begangen. Unnötig zu sagen, dass Aspekte wie Neid, Hass oder Gier Hauptbeweggründe sind.

Meredith kam eine Idee, anstatt jedoch Zachary sofort davon zu berichten, klärte sie erst die Situation als Nachricht an Foster ab. Wenn die Antwort da wäre, wäre sie schlauer. Sie konzentrierte sich wieder auf den Chemiker.

„Sie kennen Phillips?"

„Hab hier und da ein paar Gerüchte gehört. Ich weiß nicht, was ich davon halten soll."

Sie räusperte sich. „In jedem Gerücht steckt ein Funke Wahrheit."

Der Chemiker hüstelte. „Er soll … ein Choleriker und

nur auf Ruhm aus sein. Ruhm durch seine Forschung und seinen ‚Intellekt'. Dafür ist er aber schlicht zu inkompetent, weshalb er auch niemals etwas in Eigenregie publiziert hat. So soll er sich mit Finkenstein wegen dessen Ideen angefreundet haben."

Meredith nickte. „Danke. Sie haben uns weitergeholfen."

Zufrieden verließen sie das stickige Büro. Meredith streckte sich der Sonne entgegen und schnaufte über. Das machte jedoch keinen Unterschied. So oder so. Es war eisig. Meredith sah auf ihr Smartphone, prüfte, ob sie bereits eine Rückantwort erhalten hatte. Ein Lächeln schlich sich auf ihre Lippen.

„Meredith?"

„Du kennst Richter Addison?"

Zachary brauchte einen Moment. „Steinalt, schiefe Zähne, blondgraue Haare?"

„Ja. Seitdem wir ihn damals in flagranti mit dieser Tschechin erwischt haben, haben wir was bei ihm gut." Dann schmunzelte sie. „Kurz gesagt: Er hat Olivia einen Gerichtsbeschluss unterzeichnet."

„Für was?"

„Olivia und Nate sollen einem Verdacht nachgehen …" Meredith sah Zachary in die Augen. „… und deshalb Stephen Phillips' Wohnung durchsuchen", beendete Drake ihren Satz und lächelte.

Meredith fasste den Entschluss, sich noch etwas umzuhören. Doch keine zwanzig Minuten später hatten sich die Aussagen der Befragten bereits gefühlte zehnmal wiederholt. Das Feedback war stets dasselbe. Immer und immer wieder wurde Phillips als jene Person dargestellt, von der sie bereits gehört hatte. Sie schlug Zachary vor, die restliche Wartezeit in der Mensa der Universität zu verbringen.

Sie beobachtete die feinen Dampfschwaden, welche von ihrem Kaffee aufstiegen. Ihr Partner saß ihr gegenüber und nippte an seinem Darjeeling.

Ein kalter Schauer lief ihren Rücken hinab, als die heiße Flüssigkeit ihre Kehle hinablief. Eine ungewohnte Ruhe überkam sie. Doch diese zerbrach, als sich Lady Gaga zu Wort meldete. „Ich verstehe. Großartig. Und die Spurensicherung? Ok, nein, Zachary und ich schaffen das schon. Danke, Jonas." Sie legte auf.

Meredith merkte es Drake an, dass er alles wissen wollte, doch sie ließ sich Zeit und nahm einen weiteren Schluck. „Folgendes: Olivia und Nate haben die Tatwaffe und einige Eisenkreuze in Phillips' Wohnung gefunden. Dieser ist jedoch nicht da. Er ist auf dem Heimweg von einer Familienfeier, wenn man dem Dekan glauben kann. Wie es aussieht, haben wir unseren Täter."

„Perfekt. Jetzt muss ihn nur noch wer verhaften." Stille umfing sie, dann fuhr Zachary fort: „Und jetzt?" Meredith genehmigte sich einen weiteren Schluck, lehnte sich zurück und seufzte entspannt. „Wir warten. Schon wieder."

Sie war es leid, zu warten. Deshalb zerrte sie Zachary aus der Mensa heraus und fuhr zum Dezernat zurück, wo sie zu viert den Fall rekapitulierten und die Fakten verglichen, damit sie nichts übersehen konnten. Da schrillte ihr Telefon und die anderen Detectives schwiegen einen Moment. Ein Mitarbeiter des Dezernats hat bemerkt, wie Phillips nachhause gekommen war, wo-

raufhin er den Physiker festnahmen. Sie schmunzelte schelmisch.

Keine zwanzig Minuten später zog Meredith die Tür des Vernehmungsraums hinter sich zu. Der ältere Herr mit der dicken Brille schnaufte aufgebracht.

„Wie war das Familienfest?", begann sie.

„Wenn man eine wohlhabende Familie hat, ist jedes Fest ein gutes Fest." Er zwinkerte und lächelte selbstsicher, doch war er immer noch aufgebracht. „Miss? Was wollen Sie von mir?", fragte er zweifelnd, hob dabei eine Augenbraue. Seine Arroganz war widerlich.

Zacharys Muskeln verspannten sich merklich, doch Meredith legte ihre Hand auf seinen Oberschenkel und drückte ihn fest. Das letzte, was sie brauchte, war ein aufgebrachter Partner, der einen Verdächtigen zur Weißglut brachte. Nur sie ganz alleine wollte ihm Fragen stellten. In ihren Fingerspitzen spürte sie, wie sich Zachary beruhige und sich wieder seiner Aufgabe als Beobachter widmete.

„Wie stehen Sie zu Markus Finkenstein?", fragte sie neutral, verschränkte dabei ihre Finger am Tisch.

Phillips ballte seine Hände zu Fäusten und schnaufte tief. „Wir waren Freunde, dann hat dieses Arschloch mir unterstellt, ich würde nur mit ihm zusammenarbeiten, um im Rampenlicht zu stehen. Erbärmlich!"

Meredith schob die Leichenbilder von ihrer Seite über den Stahltisch in das Blickfeld des Täters. „Und jetzt ist er tot. Wie erklären Sie sich das?"

Er hob beide Hände und zog seine Brauen zu einem einzigen Strich zusammen. „Lady, warten Sie einen Moment! Warum soll ich ein Mörder sein?"

Dann holte Meredith die Bilder der Spurensicherung und der Gerichtsmedizin hervor. „Wir haben die Mordwaffe und identische Kreuze gefunden. Mit Ihren Finger-abdrücken darauf." Stephen widmete den Fotos kurz seine Aufmerksamkeit, starrte dann wieder über ihre Schulter auf den Einwegspiegel. „Das Spiel ist vorbei."

„Finkenstein hat alles abbekommen, alles, obwohl *mir* der Ruhm zustand. Mir ganz allein! Verstehen Sie jetzt, warum es nötig war, ihm das Kreuz in die Brust zu rammen?", brüllte Phillips und schlug auf den Tisch.

Meredith erhob sich und zwang den Verdächtigten dasselbe zu tun. „Stephen Phillips, ich verhafte Sie wegen des Mordes an Markus Finkenstein."

Er wehrte sich nicht, ließ sich einfach die Handschellen anlegen und abführen. Zwei Detectives nahmen den Täter in Empfang und führten ihn ab. Kopfschüttelnd blickte Meredith dem Mörder hinterher. *Das war einfach.*

Olivia kam auf sie zu. „Kann ich mit Ihnen … dir einen Moment reden?"

„Klar. Was gibt´s?" Meredith verschränkte ihre Arme vor der Brust.

Olivia zögerte. „Ich würde gerne alleine mit dir sprechen …"

„Gern", erwiderte Meredith und folgte Olivia in den Pausenraum. Sie zog die Tür hinter sich zu. Dann hob Olivia an: „Das Labor hat noch nicht alles ausgewertet, da im Moment Hochbetrieb herrscht. Wenn du willst, dass alles zu Ende geführt wird, musst du es sagen. Ansonsten würde sich das Labor anderen Fällen zu wenden, und wir den Fall abschließen."

„Keine Frage. Alles bis ins Detail überprüfen", antwortete sie.

„Warum?"

Meredith schmunzelte und lehnte sich gegen die

Wand. „Stress hin oder her. Ich will, dass alles akkurat erledigt wird. Ich weiß, du bist neu hier, aber es muss immer alles ordentlich und korrekt abgearbeitet werden." Meredith setzte sich und nahm einen Keks aus der Dose, die am Tisch stand. „Das Leben vieler Menschen hängt davon ab."

Evans ließ Meredith alleine im Pausenraum zurück. Stille hüllte sie ein – bis auf das Ticken der Uhr über der Tür. Meredith hob ihren Blick. Es war an der Zeit nachhause zu gehen. Der Fall würde ihr ja nicht davonlaufen.

Ein Dröhnen riss sie aus ihrem Schlaf. Meredith schreckte hoch, fasste sich an die Brust. Doch sie war nur aufgewacht und schaltete sogleich den Radiowecker aus. Zehn Minuten später stand sie mit einer Tasse Kaffee vor dem Radio und lauschte den Nachrichten. Sie warf einen Blick auf das Display ihres Handys. *Eine neue E-Mail*.

Sie stellte die Tasse in die Spüle und biss von ihrem Toast ab, dann öffnete sie die Nachricht. Und der Bissen blieb ihr im Hals stecken. Sie hustete und spuckte den aufgeweichten Toast auf den Teller. Meredith murmelte: „*Fingerabdrücke von Samra Amunet und Michail Uljanow am Bettgestell ... Phillips Familie Ermittlungen nach durch Wirtschaftskrise schwer gebeutelt ... Steht vor Konkurs ... Bitte melde dich bei mir ...*" Sie stellte den Teller in die Spüle und eilte ins Dezernat.

Als sie einen Schritt vor die Tür setzte, schlug ihr die Morgenluft entgegen. Meredith war sich sicher, dass es kälter als gestern war. Um die Skyline Londons, die sich durch die Bäume des Battersea Parks, der sich direkt vor ihrem Wohnblock erstreckte, abzeichnete, konnte sie die ersten Sonnenstrahlen erblicken. Zwanzig Minuten später traf sie bei der Arbeit ein und startete direkt zu Olivias Schreibtisch, doch der Neuzugang war noch nicht da. Es dauerte aber nicht lange, da öffneten sich die Aufzugstüren und Olivia trat heraus, die sofort Meredith in den Pausenraum bat.

Ihre Kollegin wollte sich äußern, doch Meredith schnitt ihr das Wort ab. „Wenn ich die E-Mail richtig verstanden habe, dann hat das Labor Fingerabdrücke von Uljanow und Samra gefunden. Außerdem wissen wir, dass Phillips' Familie vor dem Bankrott steht. Von wegen wohlhabend, seine Familie ist pleite.", ärgerte sich Meredith.

Evans holte einen Flyer hervor. „Und wahrscheinlich wiegen sie sich jetzt in Sicherheit, weil sie glauben, dass wir Phillips einsperren werden." Sie tippte auf den Flyer. „Schau, Uljanow gibt um Acht eine Pressekonferenz wegen des Fachartikels. Da kannst du ihn fragen! Mich wundert: Warum sollte uns Phillips anlügen und sich damit selbst belasten?", fragte Olivia.

„Wir werden schon alle Puzzleteile finden und später das Gesamtwerk betrachten", erwiderte Meredith und lächelte zum ersten Mal an diesem Tag.

„Was machen wir jetzt?", fragte Olivia und warf Meredith einen verzwickten Gesichtsausdruck zu.

Meredith erhob sich und zog ihren Mantel fest. „Ich mach mich auf den Weg zu einem Starbucks und hol mir zwei Kaffee. Einen für mich und einen für Drake, der den Chai Latte, nachdem ich ihn aus den Federn geholt habe, wirklich brauchen wird." Eindringlich tippte sie auf den Flyer. „Wir machen das."

Olivia erhob sich ebenfalls. „Und was soll ich dabei machen?"

Meredith lächelte schelmisch. „Wenn der Chief kommt, berichtest du ihm von den Entwicklungen. Ach, und lass doch mal Samra Amunet durch das System laufen. Ich habe einen unguten Verdacht." Der Neuzugang nickte und eilte zu seinem Schreibtisch. Meredith tat es ihr gleich und verließ den Pausenraum.

Es dauerte nicht lange und Meredith beobachtete Zachary, wie er den Becher ein letztes Mal an seine Lippen führte und dann den Behälter in einen Mülleimer warf. Von all dem Zucker verzog er angeekelt sein Gesicht. Meredith grinste.

„Gut, ich bin wach. Für die Aktion mit dem Anrufen und dem An-die-Tür-hämmern hättest du mir aber auch noch einen zweiten kaufen können. Jedenfalls: Wieso ist Phillips jetzt plötzlich *nicht mehr* der Tatverdächtige?"

Meredith tippte sich auf die Nase. „Das ist die richtige Frage. Wirst schon sehen, aber jetzt lass das mal mein Geheimnis sein. Du hältst dich einfach an den Plan." Sie zog die gläserne Tür des Osteingangs der Universität auf und bat ihn mit einer ausladenden Geste einzutreten.

Sie folgten schweigend dem Korridor. Beim Konferenzsaal angelangt, presste Meredith ein Ohr an die Tür und lauschte. Als sie Gewissheit hatte, drückte sie den Türgriff hinunter. Eine Schneise trennte das Publikum in zwei Hälften und verband den Korridor mit der Bühne. Sie lief durch die Tür und stürmte die Schneise – direkte auf die Bühne zuführend – entlang.

Reporter und Zuseher sprangen in ihrer Verwirrung auf und folgten Merediths Schritten. Sie stürmte direkt auf die Bühne zu und verlor Zachary, der irgendwo im Publikum verschwand, aus den Augen. Mittlerweile hatte sich ein unruhiges Gemurmel ausgebreitet, doch niemand hinderte sie daran, auf die Bühne zuzugehen. Wenige Meter vom Pult entfernt, hielt sie ihre Marke Uljanow entgegen und wandte danach ihren Blick für einen Moment ab, um Zachary zu suchen. Er führte den Plan aus und verhaftete Samra Amunet. Bis jetzt funktionierte alles.

„Was zum Teufel …⸮"

„Michail Uljanow, ich verhafte Sie wegen des Mordes an Markus Finkenstein."

„Das ist lächerlich, Detective. Hat denn Stephen Phillips nicht gestanden⸮ Und zwar *alles*⸮" Sein überhebliches Grinsen brachte ihr Inneres zum Kochen.

Meredith holte die Handschellen hervor. „Er mag gestanden und seine Fingerabdrücke auf der Tatwaffe haben, *aber* am Lattenrost des Bettes waren ganz eindeutig die Fingerabdrücke von Ihnen und Ihrer Freundin."

Uljanow beugte sich über das Mikrophon, schüttelte ungläubig den Kopf. „Ich bitte Sie! Sie wissen ja nicht, was wir alles zu dritt in Phillips' Wohnung getan haben. Wie kann ich da der Mörder sein⸮"

„Ich stellte mir das so vor." Die Selbstsicherheit in der Mimik des Täters begann zu bröckeln. „Finkenstein hat die Arbeit vollendet, weil Phillips und Sie es nicht konnten. Doch Sie wollten mehr, als nur genannt zu werden. Sie wollten das Geld und den Ruhm einstreichen. Ich habe mich erkundigt: Industrielle und Militärs zahlen gut für solche Entdeckungen. Aber Finkenstein wollte das nicht!"

Uljanow sah zu den Fluchtwegen, doch Meredith kam ihm immer näher, wusste, was er dachte. Er packte die Akten, die auf dem Pult lagen, und warf sie ihr ins

Gesicht. „Sie verstehen nicht, wie man sich fühlt, wenn der beste Freund nach zwanzig Jahren nichts mehr mit einem zu tun haben will und nur noch auf die friedliche Nutzung des neuen Wissens aus ist. So eine Scheiße! Wir hätten reich werden können, aber …" Uljanow trat näher an den Rand heran. „Aber ihm ging es nur um das Wissen!"

„Mister Uljanow, als wir ihre Freundin durch das System laufen ließen, haben wir festgestellt, dass diese bereits mehrmals wegen dem Hacken von Firmen hinter Gitter saß. Und von da an, war es ein logischer Schluss, dass Amunet das Nukleonen-Register manipuliert haben musste, um die Schuld auf Phillips zu lenken. Nur damit Sie ihren Plan umsetzten konnten. Was ich mich frage, ist, wozu das Ganze?"

Er zögerte einen Moment. „Meine Familie lebt weit unter der Armutsgrenze. Samras ebenfalls. Und Finkenstein hat keinen Moment daran gedacht, mit dieser Entdeckung Geld zu verdienen. Nicht einmal, als ich ihn darum gebeten hatte, es wenigstens für meine Eltern zu tun. Amunet und ich sind ursprünglich nach England gekommen mit der Aussicht auf Geld für unsere Familien. Und dann als sich die Chance geboten hat, hat sich Markus quergelegt!"

Sie kam ihm näher. „Ich verstehe. Und Phillips? Wer geht freiwillig für ein paar Pounds ins Gefängnis? Selbst wenn die Familie pleite ist."

Schrilles Geschrei aus dem Publikum drang an ihr Ohr. Meredith fuhr um und sah, wie sich Samra gegen die Handschellen stemmte. Zachary konnte sie mit aller Kraft ruhighalten. „Jemand, dessen Familie *dringend* Geld braucht und bei dem täglich Buchmacher aufkreuzen, weil er ein Spiel- und Geldprobleme hat. Und bei Geldeintreibern solcher Art will man keine Schulden haben!", sagte Amunet.

„Samra, sei still!", brüllte Michail in die Menge. Diese fauchte jedoch nur.

„Da hätten wir´s!", sagte Meredith und ging einen weiteren Schritt auf Uljanow zu, der bereits an der Kante stand. Sie konnte seinen schweren Atem hören und den Schweiß auf seiner Stirn beinahe riechen.

„Hätten Sie es einfach gelassen, Detective!", rief Uljanow und sprang vom Podest.

Meredith zögerte keinen Augenblick und stürmte hinterher. Er hatte die Türen im Visier, doch das war ihr klar. Als er sie erreicht hatte und sie öffnen wollte, warf sich Meredith mit ihrem ganzen Körper gegen ihn und fixierte ihn an der Wand.

„Michail Uljanow, Sie sind verhaftet!" Unter Beifall legte sie ihm die Handschellen an.

Schwere Schritte hallten von den Kacheln wieder. Das Rasseln eines Schlüsselbunds durchschnitt die Stille. Meredith lächelte Stephen Phillips entgegen und ließ von einem Officer die Zellentür öffnen. Verwirrt starrte er sie an. „Sie haben sich wirklich Mühe gegeben, aber ich muss Sie leider laufen lassen." Meredith grinste.

Seine Augen verrieten ihr, dass er gerade versuchte, ihr Lächeln zu deuten. Phillips stöhnte. „Ich … Ich versteh nicht …"

Meredith zog die Zellentür auf und führte ihn den Trakt entlang in Richtung Ausgang. „Natürlich nicht. Das einzige, was Sie verstehen müssen, ist, dass Sie frei sind und der Staatsanwalt trotz Ihrer Falschaussage keine Anzeige erstattet. Bei meinem Geschick in Verhandlungen hätte ich Anwältin werden sollen."

Beim Ausgang erhielt Phillips seine Wertsachen zurück. Sie hielt indes inne, wartete bis Phillips alles zusammen hatte, und fuhr stolz fort: „Zachary war mein Beistand. Er hat sich für Sie eingesetzt, da wir wissen, dass Sie rein gar nichts mit dem Mord zu tun hatten, wenngleich der Baseballschläger die Tatwaffe war, aber Videoaufzeichnungen belegen, dass Uljanow diesen aus Ihrem Spind am Institut gestohlen hat."

„Und jetzt?", fragte der Physiker unsicher. Trotz der anfänglichen Differenzen sah Meredith in ihm einfach einen Mann, der seiner Familie und sich selbst helfen wollte. Nicht mehr und nicht weniger.

Sie legte eine Hand freundschaftlich auf seine Schulter. „Keine Sorge. Uljanow und Amunet wandern für eine lange Zeit hinter Gitter. Und damit sind Sie die einzige lebende Person, die einen rechtlichen Anspruch auf diesen Fachartikel hat. Damit wären Sie wenigstens ihre Geldprobleme los."

„Und ich darf jetzt einfach so gehen?" Meredith nickte und versprach, dass es keine weiteren juristischen Einwände geben würde. „Uljanow hat gestanden. Amunet wollte Finkenstein langsam sterben lassen, doch ihm ging das dann doch zu langsam, weshalb sie ihn niederschlugen und erstachen. Das einzige, was Sie tun müssen, ist Ihr Image am Campus zu verbessern. Wir haben viel schlechtes Gerede gehört. Und Sie sollten etwas gegen Ihre Spielsucht unternehmen." Meredith war zufrieden und reichte ihm die Karte eines ihr bekannten Therapeuten.

Stephen Phillips nickte erfreut und trat in das Sonnenlicht hinaus. Der ehemalige Hauptverdächtige lächelte glücklich und verschwand hinter dem nächsten Gebäude, da erreichte Meredith eine SMS: *Leiche in Themse gefunden, Gerichtsmedizin und Spurensicherung vor Ort, Zachary wartet auf Sie – Foster.*

Sie setzte sich in ihren Dienstwagen und fuhr die Themse entlang. Die Arbeit rief …

Icy Snow

Mariken und Johanna (15 Jahre)

Mariken und Johanna leben in Spittaler Umgebung und besuchen seit fünf Jahren das BG Porcia. Dort entdeckten sie auch ihre Leidenschaft für das Schreiben. Dies wurde tatkräftig von allen Lehrern und Lehrerinnen unterstützt, bis das Projekt „Schreibwerkstatt" ins Leben gerufen wurde. Die zwei begeisterten Leserinnen ergriffen die Chance, an diesem Projekt teilzunehmen und verbesserten somit ihre Schreibkünste.

Die Äste peitschten mir ins Gesicht, doch das war nicht meine Sorge. Mein Atem stieg in rauchförmigen Wolken vor mir in die Luft, bis er von der Dunkelheit verschluckt wurde. Renn, renn, feuerte ich mich selbst an, nicht mehr lange und du hast es geschafft!

Hinter mir hörte ich weiterhin das Brechen der Äste. Den Verfolger hatte ich also noch nicht abgehängt. Mir musste es gelingen, sonst wäre mein ganzes Bemühen all die Jahre lang umsonst gewesen. Plötzlich verstummten die regelmäßigen Schritte hinter mir. Mein Herz pochte, als wolle es meinem Brustkorb entspringen, und obwohl es kalt war, fühlte ich mich wie eine Bombe kurz vor der Explosion. Ich konnte mich nicht mehr auf meinen Fluchtweg konzentrieren, stolperte über eine Wurzel und fand mich am Boden wieder. Alles schmerzte. Der Aufprall quetschte mir die Luft aus den Lungen. Weiter atmen! Das Einzige, woran ich mich noch erinnere, ist, dass ich in saphirblaue Augen blickte. Dann kroch Kälte meinen Arm empor und breitete sich überall in meinem Körper aus, bis mich Dunkelheit umschlang.

Ich musste blinzeln. Es brannte in meinen Augen, mein Gesicht fühlte sich heiß an, doch alles andere war kalt. Ich versuchte mich aufzurichten. Alles, was gerade noch vor Schmerz brannte, wurde von der Kälte gelindert.

Dieses Zimmer kannte ich nicht. Bücher waren überall, nicht nur im Bücherregal in der Ecke. Der ganze Schreibtisch war von gestapelten Büchern besetzt. Neugierig sah ich mich um, bis ich die an der Wand lehnenden Bilder entdeckte. Ein stechender Schmerz durchstieß meinen Körper, als ich versuchte mich aufzurichten, um die Bilder näher zu betrachten. Alles schmerzte und brannte.

Plötzlich durchdrangen Schritte die Stille. Erschrocken fuhr ich zusammen und mein Herz pochte unregelmäßig. Meine Handflächen fühlten sich so klebrig an, schweißig.

Oh nein! Das kann doch nicht wahr sein! Sie kommen mich holen! Kann ich fliehen??? Nein, ich kann mich ja nicht mal aufrichten. Dann ging die schwere Holztür auf und ich konnte meinen Augen nicht trauen, als ich sah, wer gerade diese Türe geöffnet hat.

Er sah perfekt aus. Gebräunte Haut, schwarzes Haar und ein makellos geformtes symmetrisches Gesicht, einfach ... zu perfekt. Doch das war es nicht, was meine Aufmerksamkeit erregte. Es waren seine Augen. Oder besser gesagt, *meine* Augen. Der gleiche Blauton mit den silbernen Sprenkeln darin.

„Das ist nicht möglich!", flüsterte ich vollkommen überwältigt. Er nahm sich Zeit, mich ausgiebig zu mustern. Dann erschien ein zufriedenes Lächeln auf seinem Gesicht, und obwohl es mir zuvor unmöglich erschienen war, sah er noch engelsgleicher aus als zuvor.

„Na, schon aufgewacht, Dornröschen?", fragte er mich mit einem kecken Lächeln.

Ich starrte ihn mit großen Augen an.

„Möchtest du etwas trinken?"

Er hielt mir ein Glas Wasser hin. Ich öffnete meinen Mund, doch es kamen keine Worte heraus, also nickte ich nur. Er gab mir das Glas und ich schüttete das Wasser meine vertrocknete Kehle hinunter.

„Danke", krächzte ich und gab ihm das Glas zurück.

Er schenkte mir ein äußerst bezauberndes Lächeln

und fragte: „Wie gehst dir? Soll ich die Schmerztabletten holen? Es hat ziemlich schmerzhaft ausgesehen, als du mit deinem Kopf aufgekommen bist. Du hast leider den Arztbesuch verpasst, aber er konnte feststellen, dass du eine Gehirnerschütterung mittleren Grades erlitten hast. Kein Wunder, ich dachte echt einen Moment, dass dein Genick hinüber sei, aber du hattest Glück."

Er lachte erleichtert.

„Wo bin ich?", fragte ich und fühlte mich total überfordert. Seine Augen weiteten sich kurz, doch er brachte sich schnell wieder unter Kontrolle.

„Icy? Alles okay mit dir?" Er wirkte besorgt.

„Woher weißt du wie ich heiße? Wer bist du?"

Ich sah ihn voller Angst an. Und er starrte sichtlich schockiert zurück. Dann holte er sein Telefon heraus und drückte die Kurzwahltaste. Nach ein paar Sekunden schien sich jemand zu melden, doch dieser kam gar nicht erst zu Wort.

„Sie kann sich nicht erinnern!!! Was zur Hölle soll ich nun tun? Die SOPH ist uns auf den Fersen! Wir dürfen keine Zeit verlieren … nein …Soll ich sie ins Hauptquartier führen? Aber … jaja … ich weiß … Gut. Wir sind in 3 Stunden bei euch."

Er klappte das Handy zu und sah mich an.

„Im Moment sind wir nicht sicher. Die … Jemand ist hinter uns her, wir müssen schleunigst verschwinden. Ich kenne einen sicheren Ort. Ich erkläre dir alles auf dem Weg."

Ich zögerte, doch irgendetwas in mir vertraute dieser Person, also stand ich auf und stöhnte vor Schmerzen. Sofort eilte er mir zur Hilfe und wir gingen langsam aus dem Raum. Wir kamen zu einem Gang und dann zu einer Hintertür, durch die er mich in einen Hof zu einem Auto führte. Sobald ich auf dem Beifahrersitz saß, stieg er ebenfalls ein und startete den Motor. Und wir fuhren los.

„Ich hab echt keine Ahnung, warum ich mit dir in dieses Auto eingestiegen bin, ich muss echt irre sein … Wer bist du? Wer verfolgt uns? Und was wollen sie von uns?", fragte ich ihn hastig, doch er sah irgendwie verzweifelt aus, also wollte ich es nicht übertreiben.

„Wo soll ich bloß anfangen?", murmelte er.

„Wie wäre es denn mit deinem Namen?", schlug ich vor.

Er holte tief Luft.

„Mein Name ist Ash und ich bin ein Absú. Genau wie du. Einige von uns haben bestimmte Fähigkeiten, ich zum Beispiel habe die Gabe zu töten, du die, Gefühle lesen zu können. Bei den Menschen sind wir eher unter dem Namen Spartaner, Amazonen oder Bewohner von Atlantis bekannt, wir bevorzugen Absú. Dies bedeutet frei übersetzt ‚der Anfang' in Suaheli." Vorsichtig sah er zu mir. „Tut mir leid, ich bin nicht gut in sowas. Wenn es dir zu viel wird, sag einfach Stopp."

Ich starrte ihn mit offenem Mund an, doch er schien dies nicht zu bemerken, wollte dieses Gespräch scheinbar so schnell wie möglich hinter sich bringen.

„Wo war ich? Ach ja. Du bist nicht irgendeine Absú. Dein Vater war unser Anführer und du bist seine Erbin und Nachfolgerin. Da ich seine rechte Hand war, bringe ich dich zu unserem Hauptquartier, damit du vor der SOPH in Sicherheit bist. Die SOPH ist die Secret Organisation for Protection of the Humanpopulation und will uns auslöschen. Ich glaub das war alles, wenn auch sehr gekürzt ... Noch irgendwelche Fragen?"

Er sah mich erwartungsvoll an. Doch ich konnte ihn nur anstarren. Dann, als ich wieder meiner Lippen mächtig war, war das einzige was ich herausbrachte: „Aber mein Vater war doch ein Verkäufer in einem Elektronikgeschäft."

Oh Gott, ich könnte im Boden versinken.

Einen Moment lang starrte er mich ungläubig an und brach dann in Gelächter aus.

„Das wage ich zu bezweifeln!" Dann wurde sein Blick weich. „Er wollte dir eine Welt schaffen, in der du nicht in Angst leben musst. Deshalb musst du jemand sehr besonderes sein. Du wirst von uns allen geschätzt und beschützt und niemand wird dir jemals etwas antun. Dein Vater war der Einzige, denn alle respektiert haben, sogar die SOPH ist mit ihm einen Deal eingegangen. Doch nach seinem Tod kam dein Onkel an die Macht und alles ging den Bach runter." Sein Gesichtsausdruck wurde düster. „Er spaltete die Absú. Nun gibt es jene, die unter deinem Onkel Macht anstreben, und jene, die auf dich gewartet haben und auf Frieden hoffen. Denn du bist die Einzige, die beide Seiten wieder verbinden kann. Du bist diejenige, die wieder Frieden bringt."

Die Hoffnung in seiner Stimme war nicht zu überhören.

„Ich? Ihr müsst die Falsche erwischt haben. Mein Dad war ein einfacher Verkäufer und ich bin ein einfaches Mädchen. Ich sag euch, ihr habt die Falsche!" Ich lachte auf bei der Vorstellung, ein „Alien" mit Superkräften zu sein.

Doch Ash schien das todernst zu meinen und sah mich mit ruhigen Augen an.

„Wir habe ganz sicher nicht die Falsche. Du musst zu deinem Volk sprechen! Ihm Mut machen! Auf dich hören die Leute!", sagte er aufgeregt. Ich konnte es nicht abstreiten. Ich konnte es einfach nicht, er war so erfüllt von der Hoffnung seines Volkes, das er so abgöttisch zu lieben schien. Also verbrachten wir die restlichen zweieinhalb Stunden in Schweigen.

Das Hauptquartier war ein riesiges Gebäude aus Glas und Metall, das mitten im Wald lag. Unter ihm rauschte ein Wasserfall, es war einfach wunderschön.

Als Ash und ich das Gebäude betraten, klappte mir das Kiefer runter. Innen war alles holzvertäfelt und es standen überall Bäume. Doch Ash schien das kalt zu lassen. Wir gingen eine große Ahorntreppe in den ersten Stock und dort trafen wir zum ersten Mal auf andere Menschen. Oder besser gesagt, andere Absú. Es wurde totenstill. Jeder schaute uns an und verfolgte jeden einzelnen unserer Schritte.

„Ist sie das?"

„Natürlich sieht sie genauso aus wie er ..."

„Wir sind gerettet!"

Aus dem leisen Geflüster wurde Jubel und einige Leute kamen zu Ash und klopften ihm auf die Schulter oder beglückwünschten ihn. Mich fasste niemand an, doch ehrfürchtige Blicke wurden mir zugeworfen und viele verbeugten sich beim Vorbeigehen. Es war beängstigend.

Wir traten durch eine große Flügeltür in ein Zimmer, nicht größer als ein Wohnzimmer. Bänke und Sessel standen um einen großen Tisch in der Mitte. Gegenüber an der Wand hing ein Gemälde.

Von meinem Vater.

„Dies wird dein Arbeitszimmer sein", informierte mich Ash lächelnd. „Ich hole einen Arzt und Schmerztabletten. Wenn du etwas brauchst, ruf nur. Ich bin nicht weit weg." Und mit diesen Worten ließ er mich allein.

Mit gemischten Gefühlen betrachtete ich den Raum näher. Ich ging zum Gemälde meines Vaters.

„Wenn du wüsstest, wie sehr ich dich vermisse", flüsterte ich. „Du würdest sicher wissen, was ich in dieser Situation tun muss. Was erwarten sich alle Absú von mir? Dass ein siebzehnjähriges Mädchen von einem Tag auf den anderen alles zum Guten wenden kann? Hilf mir doch!"

Und plötzlich schien durch das kleine Fenster ober dem Gemälde meines Vaters ein heller Lichtstrahl direkt auf den Tisch. Jetzt erst bemerkte ich, dass dort ein Buch lag. Neugierig trat ich näher heran.

Das Büchlein sah schon etwas abgewetzt aus, als hätte der Besitzer es überall hin mitgenommen. Mit pochendem Herzen und schweißnassen Händen öffnete ich es.

Auf der ersten Seite stand ein Satz in wunderschön geschriebener Handschrift. Doch es war nicht nur irgendeine Handschrift, es war die meines Vaters. Zögerlich murmelte ich die Worte die dort am Papier standen, doch egal wie oft ich sie wiederholte, sie ergaben keinen Sinn.

„Das Volk bringt den Frieden und die Liebe bringt das Volk."

Was meinte mein Vater damit?

Ein Klopfen an der Türe riss mich aus meinen Gedanken. „Herein!", rief ich.

Die Tür öffnet sich einen Spalt und ich erkannte den

schon vertrauten schwarzen, verwuschelten Haarschopf und die blauen Augen mit den silbernen Sprenkeln.

„Störe ich?", fragte Ash.

„Nein, komm nur herein, was gibt's?"

Er wurde ernst.

„Ich glaube die Situation ist noch brenzliger als wir alle gedacht haben. Wenn wir nicht bald eine Lösung finden, die Absú wieder zu vereinen, bedeutet das unser aller Ende." Meine Verwirrung blieb ihm vermutlich nicht verborgen, denn er ergänzte: „Dein Onkel will den Friedensvertrag mit der SOPH kündigen. Er will Krieg. Doch man sollte sich nicht mit der SOPH anlegen, sie zerstören alles und jeden. In einem Krieg sind die Absú dem Untergang geweiht."

„Warum sollte mein Onkel wollen, dass sein eigenes Volk ausstirbt?"

Jetzt war ich noch verwirrter als zuvor.

„Dein Onkel war schon immer größenwahnsinnig. Er glaubt, dass er mit den anderen Absú die SOPH besiegen kann."

Plötzlich ergab alles einen Sinn! Es erschien mir alles so hell und klar wie noch nie zuvor. Alles was mir bisher sinnlos vorkam, dürfte doch irgendwie etwas mit der Sache zu tun haben. Das Volk kann sich erst dann wieder vereinen, wenn alle einander lieben und das funktioniert nur wenn sich die beiden Anführer der Absú einigen. Das Volk bringt den Frieden und die Liebe bringt das Volk. Mein Vater wusste es. Er half mir!

„Ash, wo finde ich meinen Onkel?", fragte ich eilig. „Ich weiß, was wir tun müssen."

Er sah mich ungläubig an, es war offensichtlich, dass er meinen Gedankengängen nicht folgen konnte.

Noch nie zuvor war ich mir in einer Sache so sicher gewesen. In meinem ganzen Leben noch nicht. Während der Autofahrt vom Geheimquartier hierher hatte ich noch mal gründlich darüber nachgedacht. Als ich zur Türschnalle des Autos griff, fragte mir Ash mit todernster Stimme: „Bist du dir wirklich sicher?"

Genervt rollte ich meine Augen über. Er fragt mich das heute bestimmt schon zum fünfzigsten Mal.

„Ash, ich würde es nicht tun, wenn ich mir nicht hundert Prozent sicher wäre."

Ich stieg aus dem Auto, als Ash schon hinter mir stand. Typisch Spartaner. Er sah mir tief in die Augen, bis ich seine Hand ergriff und wir gemeinsam zur aus Eisen geschmiedeten Türe gingen. Eines war mir in diesem Moment sicher: Ein Schritt durch diese Tür war ein Schritt in die Zukunft.

Ich öffnete die schwere Holztüre und kam in eine riesige Eingangshalle. Überall standen Kerzenständer und von der Decke hing ein äußerst pompöser Kronleuchter herab. Langsam gingen wir durch die Halle auf die gegenüberliebende Tür zu. Ich drückte die schwere Klinke hinunter und mit etwas Anstrengung öffnete ich die Tür. Dahinter lag ein Saal.

Als erstes fielen mir die goldverzierten Wände und die antiken Malereien auf. Vorsichtig trat ich ein und sah mich genauer um. Jetzt erst bemerkte ich eine dunkle Gestalt, die neben einem Stuhl, nein, eher einem Thron, am anderen Ende des Raumes stand. Sie hatte uns den Rücken zugekehrt und sah von hinten ein bisschen aus wie ein Rabe im schwarzen Federkleid. Sie drehte sich langsam um und entpuppte sich als großer, hagerer Mann mit dem Gesicht meines Vaters.

„Da ist ja mein Ehrengast!", rief er spöttisch während er sich gemütlich auf den Thron setzte.

„Meine allerliebste Nichte Icy Snow. Ist sie nicht reizend?", fragte er laut in den Raum hinein, als ob da noch jemand wäre.

Hinter mir griff Ash instinktiv zu seiner Pistole in seinem Hosenbund, doch ich ignorierte ihn einfach.

„Ich muss mit dir reden, Onkel! Unser Volk ist in Gefahr! Wir müssen uns vereinen, sonst werden wir ALLE untergehen!"

„Vereinen, vereinen, vereinen … dein Vater war so ein Anhänger des Friedens und des Zusammenhaltes. Und was hat es ihm gebracht? Letztendlich gar nichts! Manchmal muss man Dinge zerstören um sie neu und besser aufzubauen!", rief er mir entgegen.

Ich verdrehte die Augen. Das war so ziemlich immer der Spruch des Bösen in Superheldengeschichten. Mann, das ist so clichéhaft, dachte ich mir.

Ich seufzte und fragte mich, wie ich diesen starrsinnigen, irren Psychopathen dazu bringen sollte, sich mir anzuschließen.

Vielen Dank für das Lesen unserer Geschichte und wenn Sie wissen wollen, wie es weiter geht, kurbeln Sie Ihre Kreativität an und denken Sie es sich aus! Viel Spaß!

Der Sturm auf meinen
Lebens(alpt)raum

Timon Ian Lennart Schrofner (16 Jahre)

Sprache war schon immer ein großer Teil meines bisher kurzen Daseins. Die Schreibwerkstatt am BG Porcia, welche dieses Buch schuf, gab mir nun die perfekte Gelegenheit, auf fulminanteste Art und Weise meine Sprachfertigkeit und -begeisterung zum Ausdruck zu bringen. In meiner Geschichte zeichnet sich auch meine relativ neue Begeisterung für Schülervertretung und Schulpolitisches ab, was von meiner Tätigkeit als Schulsprecher am BG Porcia herrühren mag. Zusammen ergeben diese Einflüsse dieses in seiner Art einzigartige Wortgemälde.

*E*va

Ein *Isetta*, den Eva von ihren Eltern zum siebzehnten Geburtstag bekommen hat, ist die einzig sichere Zuflucht, die ihr an Schultagen bleibt. Trotz des Rückspiegels, welcher sie so hässlich aussehen lässt, gibt es für sie keinen schöneren Ort auf der Welt. Wenn ihr das liebe Herz zu zerreißen droht, weil ein anderer Schüler ihre zarte Seele für die Erleichterung seiner Frustration missbraucht, so zieht sie sich hierhin zurück, Bächlein salzigen Elends plätschern, und sie sucht vergeblich Trost in des großen *Marquis de Sade*'s „Justine":

„Dieses junge, so vielseitig begabte Mädchen besaß die Schönheit jener wundervollen Jungfrauen Raphaels. Große, braune, seelenvolle Augen, eine weiche, schmelzartige Hand, eine zarte und biegsame Taille, runde und von der Liebesgöttin selbst gezeichnete Formen, eine bezaubernde Stimme und neben einem entzückenden Munde waren die schönsten Haare der Welt ihr eigen, deren Reize weit über dem standen, was die Feder leblos beschreiben kann."

Und wenn sie so liest, wie schön und reizvoll die kleine Frau – so schrecklich ihr Schicksal schlussendlich auch ist –beschrieben wird, so wünscht sich Eva innigst, mit ihr Leib und Leben zu tauschen, denn sie wünscht sich diese Anerkennung, welche ihr nie zuteil wird. Ja, Eva ist in diesen Momenten so freudlos und unglücklich, sie wünscht sich es wäre so unbeschwert, wenn einem wie Justine die Pforte offen stünde, ein recht unbekümmertes, unbeherrschtes Leben, ohne Schule, ohne intellektuelle Sklaverei, ohne einflussreicheren Persönlichkeiten ausgeliefert zu sein, ohne grausame Diffamierung durch

Mitschülerinnen und Mitschüler [welche einzig und allein daraus entspringt, dass ein jeder von ihnen zusammen mit einer über die Maßen großen Fülle von Mitschülerinnen und Mitschülern mit dem unzumutbaren von Schweiß und Blut getränkten Lebens(alpt)raum Schule fertigzuwerden versucht] zu führen, wenn man sich nur der Untugend hingebe! Ein geringer Preis, findet sie.

Wenn Eva nach Hause kommt, drückt sie ihre Gefühle auf produktive Weise aus. Sie schreibt ihren Weblog. „Die Leiden des jungen Werther" nennt sie ihn. Tagtäglich lässt sie alle ihre Empfindungen dort hineinfließen, alle getränkt von ihrem Leben in der Schule, wodurch sich ein melancholischer Ton ergibt, welcher nach dem süßen Jenseits ruft. Sie wendet so viel ihrer Zeit für diesen Blog auf, dass ihre Bindung zu ihrer Familie darunter leidet und diese oft ihre Freunde konsultieren müssen. Das sind aber Menschen, welchen sie durch die Schule verpflichtet ist und die ihr kein echtes freundschaftliches Seelenheil bieten können. Bis auf Harald.

> *Evas Mutter: „Grüß' dich Harald, Evas Mutter spricht. Hast du kurz Zeit für mich?"*
>
> *Harald: „Guten Abend, gnädige Frau, wie kann ich von Nutzen sein?"*
> *Mutter: „Die Eva mag nicht essen, weint und schreibt. Kommt gar nicht heraus aus ihrem Schreibzimmer. Weißt du, was los ist?"*
>
> *Harald: „Gnädige Frau, das Fräulein Eva scheint*

mir stets glücklich und zufrieden, wenn sie mir die Güte erweist, mir den Schulweg durch den Wagen zu bequemen. Dass man das Schreibzimmer aufgrund der vielen Verpflichtungen kaum zu verlassen vermag, erscheint mir für eine Schülerin, wie ich ein Schüler bin, nicht als ungewöhnlich. Bestellen Sie ihr doch herzlich meine einfühlsamsten, mitleidigsten Grüße und sagen Sie, ich leide mit ihr, wenn ich bitten darf. Kann ich anders behilflich sein?"

Mutter: „Danke vielmals Harald, auf Wiederhören."

Harald: „Wiederhören, gnädige Frau."

Mutter, an Eva gerichtet: „Eva? Der Harald lässt herzlich grüßen, sein Mitleiden ausrichten soll ich auch."

Und rekrutiert ist der zweite im Bunde. Auf Harald ist eben immer Verlass.

… Stunden zuvor

Harald

12. Jänner 2016
Wenn ich mich nicht darum sorgen muss, zufrieden zu sein, geht alles viel leichter. Mir stehen alle Türen offen, nichts steht mir im Weg, ich schöpfe meine Schaffenskraft bis zum Exzess

aus. Keine geistigen Blockaden, keine emotiona-
len Hemmfaktoren, keine Sorgen.
Ich wiege mich frei im geistlosen Schaffen.
Wolke 7, ich bin am Talboden, am Grunde des
Meeres angelangt, tiefer geht es nicht, voran
heißt bergauf, weiter heißt höher, besser, wei-
ter bis zum nächsten Tiefpunkt, doch solan-
ge kann ich schaffen, kann schöpfen aus der
Kraft der Leere, unendliche Leere, die entsteht
aus einer Explosion von angestauter Verwirrung,
Verdrängung, Verzweiflung.

Der Schüler Harald schreibt das in sein Tagebuch.
Harald ist kein Poet, er leidet nur, leidet aufgrund seines
Schülerdaseins, welches ihm so viel gibt, aber ihm un-
glaublich viel zu viel nimmt.

Jetzt muss er schlafen. Er wägt ab, sich vor dem
Schlafengehen oder nach dem Aufstehen schulfertig zu
machen. Die Müdigkeit nimmt ihm die Entscheidung
ab, denn das Arbeiten bis spät in die Nacht ist in seiner Schulstufe nichts Ungewöhnliches. Auf dem gemüt-
lichen Diwan in der Maisonettenwohnung passiert das
regelmäßig.

Harald ist sehr ehrgeizig. In diesem Jahr hat er sich
maßlos übernommen. Er hält sich für ein Organisations-
talent, aber er überschätzt sich. Er denkt, er könne sich
Freizeit leisten, er belügt sich. Er denkt, das Leben muss
er sich schön gestalten, er irrt sich.

Er ist ständig hin- und hergerissen zwischen
Schuldgefühlen und unbefriedigtem Müßiggang. Cicero
sagt, dass „Müßiggang erquickt", die Frau Mutter sagte
früher: „Müßiggang ist aller Laster Anfang". Natürlich

hört er auf Cicero, der ist berühmter als die Frau Mutter, zudem nicht derart degeneriert.

Deren Stimme wird in seinem Kopf dennoch immer lauter, wenn die Uhr Mitternacht schlägt und die Hausübung noch ansteht. Dann schreibt er aber meist recht eigenartige Gefühlsergüsse in sein Tagebuch, und dabei schläft er ein, die Hausübung, die zu erledigen er gut gewillt war, in der schlaffen Hand. So weckt ihn die niedere Mutter. Sie sitzt gern auf dem Diwan und trinkt ihren Frühstücks-Klaren, mit bunten Wundermitteln verlängert.

Wenn Harald nicht von ihren schweren, schleppenden Schritten und der Fahne von Erbrochenem geweckt wird, sägt sich ihre raue Stimme durch seine unerfüllten Träumen. Mit dem üblichen unmenschlich frühen Aufstehen beginnt nämlich der Teufelskreis.

In die Schule kommt Harald selten zu spät. Er ist nämlich stets darauf bedacht, den größtmöglichen Abstand zu seiner Erzeugerin zu wahren, bevor er ihr noch zur Endstation für den diskontinuierlichsten Metabolismus der Menschheit helfen muss.

Bevor er sich ein ostentativ unansehnliches Outfit ausgesucht hat und zur Tür hinausgeht, entleert er gern den Karton-Wein seiner Mutter in laut klatschendem Rhythmus ins Waschbecken.

„Für mi bist tot!", ruft sie ihm nach, aber er ist schon unterwegs.

„Wenn die Leber sich nicht zuerst an deiner selbst gütlich tut", gibt er fröhlich zurück.

Vor dem Wohnhaus wartet schon Eva, seine Fahrgemein-

schaft. Sie hat volles, helles Haar. Er nimmt es in den Mund und beißt darauf, als würde er die Authentizität eines güldenen Talers prüfen. Ein freundschaftlicher Liebesbeweis unter Individuen von höchster poetischer Leidenschaft.

Eva: „Harald, wir sind bereit für den letzten Schritt. Wir setzen den Leiden des jungen Werthers ein endgültigstes Ende. Bist du dabei, so lass mich heute noch voller Mitleid grüßen."

Harald: „Was für ein Mensch wäre ich, würde ich nicht mit dir leiden, wo doch ebendies die Eigenschaft der höchsten Menschlichkeit, der höchsten Vernunft ist? Dennoch tust du gut und richtig daran, mich vor dem Treffen vorciliger und falscher Entscheidungen zu bewahren. Gehab' dich wohl!"

Friedrich

Bin ich denn ein freier Mann,

    Wenn ich mich nicht nach meinen Stärken richten kann?

    Dies schreibt Friedrich in großen, kunstvollen Buchstaben auf den Umschlag seines „Chemie verstehen" Büchleins. Friedrich ist Linguist. Sprache ist seine wahre Passion, egal welche Sprache. Er spricht einige und wenn er nichts versteht, ist es für ihn bereits ein Präsent, die Musik, den Klang einer solchen erfahren zu dürfen. Im Sprachunterricht blüht er auf wie eine Wüstenrose im Regen. Nichts ist befriedigender als das Lob der Frau Doktor für seine gute Aussprache und seine Aufmerksamkeit. Wenn er zuhause lernt, schiebt Friedrich alles andere auf. Zuerst kommen für ihn die Sprachen. Diese machen ihm Freude, während die Naturwissenschaften ihn oft ihn arg finstere Stimmung bringen.

„Je suis désespéré!", ruft er, aber es hilft nichts. Er muss Naturwissenschaften lernen und sich mit Dingen plagen, die er nicht versteht, nicht verstehen wird, nicht verstehen müsste, er hat seine Destination ja bereits gefunden, jedoch hilft es nichts. *C'est la vie*, aber muss er sich wirklich geschlagen geben? Oh, wie schön ein Studentenleben sein muss, das Verfolgen der wahren Berufung! Wie schön wäre es, ließen sich die Welt der Schule und die Welt der Universität mehr vereinen! Schon seit Jahren äußert sich sein sprachliches Talent, sein naturwissenschaftliches Missgeschick, das eine impliziert das andere nicht, jedoch spricht dieser Umstand für bestimmte Voraussetzungen, was eigentlich Aufschluss darüber gibt, in welche Richtung sich ein Mensch weiterbilden soll. Aber wie ist das möglich, wenn Sprachen gerade einmal ein Viertel seiner Unterrichtszeit ausmachen? Er hält dies für die Unterdrückung seiner Fertigkeiten und Talente.

Gut, dass es so viele Menschen gibt, welche gleich empfinden. Die jüngsten unter ihnen sind die engagiertesten. Er hat schon öfter die bekanntesten dieser Gesichter aufgesucht und ist sogleich ebenso ein begeisterter Mitleidender für Werther.

Das sind sie also. Die drei Reiter der Apokalypse. Drei von vielen ähnlichen Aspekten eines Schülergeistes. Verschieden im Charakter, sind die Personen und ihre

Gedanken doch gleich gepolt. So verschieden sie auch sind, sie verbindet die gemeinsame Verzweiflung bezüglich der bildungspolitischen Missstände, der Hass auf den Schulalltag, dieser teuflische Kreislauf, der wie ein flammender Tornado junge, verletzliche, arme Eleven mit sich reißt, grob durchschüttelt und sie gebrochen, zynisch und gezeichnet fürs Leben wieder ausspuckt. Alle drei sehen diesen Tornado durch eine Person repräsentiert.

Sie verehrt das Bildungssystem, sie betet den Tornado an, dreht sich mit ihm, vereinigt sich mit ihm, zehrt von ihm. Sie muss, denn sie ist sein Geschöpf. Sie ist von ihm zusammen mit der Fähigkeit, zwischen Recht und Unrecht zu unterscheiden, bereits verzehrt worden. Ihr bleibt nur noch, sich im Wirbel zu drehen. Ohne Ausweg. Ohne Ende.

Magistra Lechner (großteils Aussagen einer realen Lehrperson, jedoch nicht der realen Magistra Lechner)

„… als Lehrerin hat man das schwerste Los von allen. Man kann es niemandem recht machen. Ist man nett und verständnisvoll, nimmt einen niemand ernst, der Respekt geht verloren. Wenn man zu streng ist, wird man zum Feindbild junger Geister. Die Schülerinnen und Schüler mögen Sie nicht, parieren vielleicht, aber nur widerwillig und nutzen jede Gelegenheit, verdeckt zu rebellieren.

Auch die Kolleginnen und Kollegen sind oft falsche Freunde. Sie haben prinzipiell zwei Möglichkeiten: Entweder Sie machen sich im Kollegium beliebt, indem Sie der Schülerschaft feind sind, oder Sie machen sich bei eben dieser beliebt und werden im Lehrerzimmer zur verhassten Schüler-Sympathisantin. Sie haben ja keine Ahnung! Im Konferenzraum wie in einem Brutkasten von Krankheits- und Konflikterregern zu sitzen, ist fast jeden Tag eine endlose Quälerei, die nur mit der Aussicht auf die süße, vernebelnde Flasche, die zuhause wartet, fast erträglich wird. So hat man sich das Leben nicht vorgestellt. Die einzige Möglichkeit, die also bleibt, ist, eisern am System festzuhalten. Alles Mitmenschliche auszublenden. Das Schulsystem mag alt und längst obsolet sein, aber wir kennen dieses System, also macht es uns keine Angst. Auch wenn es Fehler hat, denn jemanden, der sich daran hält, kann man rechtlich und moralisch gesehen nicht verurteilen. Deshalb, ich sage es Ihnen, ist es richtig, die Eleven zu meinem Komfort zu kritischem Aufbegehren unfähig zu machen, sie ihres Urteilsvermögens zu berauben und ihnen weiszumachen, dass das System funktioniert. Sonst werden Sie als Lehrperson und vor allem als Mensch zugrunde gehen."

So Lechner zu ihrem Therapeuten, dessen Funktion sich in diesem Falle mit der Effektivität eines seidenen Fadens vergleichen lässt, welcher um den Hals eines vor Schmerzen tobenden Löwens liegt.

So schließen die drei Schüler einen Pakt, den Pakt der Leiden des jungen Werther, sie denken, je radikaler, medialer, brutaler und endgültiger ihre Maßnahme, desto mehr können sie bewegen. Sie treffen ein Abkommen des Leides. Aus der Verzweiflung und dem unbrechbaren Willen heraus, den Wind der Veränderung in die Welt der Bildung zu blasen. Sie glauben, nur so werden sie gehört. Nur so werden sie ernst genommen. Nur so wird man die Schüler und Schülerinnen ernst nehmen, ihnen mehr Gehör schenken, aufhören mit dem Führen autoritärer Bildungspolitik fernab des tatsächlichen Geschehen, Schluss mit den verzweifelten Rettungsversuchen eines längst verlorenen Systems. Niemand soll die Augen verschließen, niemand soll dulden, dass die Leiden der Schüler und Schülerinnen der Nation vom Treiben politischer Machtspiele herrühren, sie wollen, dass die Gewalt der Veränderung, der Fähigkeit, das Optimum zu finden und zu begründen, in die Hände der Menschen gelegt wird, welche betroffen sind.

Auch für die Schülervertreterschaft wird großteils nur die Illusion geschaffen, tatsächlich mitzubestimmen. Doch das Bildungswesen ist kein Platz für Macht, für Materialismus, für Ruhm, keine Karriereleiter für Volksvertreter und Volksvertreterinnen, welche der eigenen Schulzeit so fern sind wie bildungspolitische Beschlüsse der Realität.

Und so rechtfertigen die Leidenden ihr Vorhaben einem Meister in einer tragenden Rolle, dieser hat erkannt, was gespielt wird. Er ist am rechten Ort zu rechten Zeit eingetroffen und versucht die Tat aufzuschieben, wenn gar zu verhindern. Dieser Mensch, welcher ein besserer Schiedsrichter nicht sein kann. Ein Mensch, welcher Tag und Nacht Bildungspolitik sieht, sie aber nicht fühlt, sich um die Schule kümmert, sie doch nicht erlebt und doch das Leid der Schüler und Schülerinnen erkennt. Der Hausmeister. Er weiß, er muss handeln, denn er ist der Einzige, welcher vermeiden kann das Ziel des Pakts, schnell handeln muss er. Wer soll Gewinner sein, Lehrer Lämpel, hier repräsentativ für Vater Staat, oder die „Streichespieler", die Guten dieser Geschichte? Einer soll es nicht sein, so viel ist ihm gewiss, für Gevatter

Tod geht's mit leeren Händen aus, er wird die Tatkraft gar verzehren. So ist's klar, wer Recht behalten muss. Allein, dieser ist zu besänftigen der schwierigste: Der junge Geist ist der unbändigste. Der junge Geist will tun, das Denken kommt in Folge. Die hier Leidenden haben wohl gedacht, doch dass sie richtig gedacht, ist dem Hausmeister nicht ersichtlich. Er will das Denken in den richtigen Weg, den Weg des langwährenden Berichtigens lenken.

„Schüler, hört: Zwei Brüder erfreuen sich des Gaudiums, welches mit großem Reichtum einhergeht, prassen, trinken, spielen, speisen, koitieren. Eines Nachts trocknet der güldne Fluss bis aufs Bette aus und vorbei ist's mit Plaisir und Rausch. Der Vater, der Goldesel, der unglückliche Midas, ist tot, ermordet für den Schutze seiner Reichtümer, als Diebesvolk sich die freudig dekadente Trunkenheit der Wachleute zu Nutze gemacht. Die Brüder sind beiderlei fern jeder Besinnung vor Wut und Schmerz, doch weiß ein jeder anders umzugehen mit denselben. Der eine führt den Dolche, welcher stets die neidischsten Blicke auf sich gezogen, ins eigne Herz, einen anderen Ausweg gibt es für ihn nicht mehr. Der andere, doch einen Deut besonnener, führt den Dolche wild ins Fleisch der Räuber, mit derartiger Inbrunst, dass die Wachleute, längst ernüchtert, angestachelt sind, es ihm gleichzutun. Der alte Besitz wird zurückerlangt, der Vater gerächt. Die Brüder sind Legenden, doch verehrt wird stets nur der Krieger, welcher durch den recht gelenkten Zorn der Held der Legende geworden. Derselbe sei Symbol, betont Symbol - denn ich will nicht zu Gewalt aufrufen - für alles was eine mutige Tat verlangt, sei Symbol und Vorbild für jeden Hirte, welcher die Schafe auf den richtigen Weg zu treiben vermag. Vorbild für den guten Menschen, welcher die Kraft besitzt, zu verändern, aber mit eben jener nicht umzugehen weiß. Ihr sollt wissen, es ist besser, leidend den richtigen Weg zu gehen, als ziellos den leichtesten Ausweg zu nehmen."

Er spricht dies und geht.

Wenn wir dieselben Schüler zwei Monate später betrachten, ist der Hausmeister für uns zum intellektuellen Propheten geworden. Er ist der indirekte Begründer einer Dynastie der neu erfundenen bildungspolitischen Demokratie, basierend auf den Prinzipien der Schülerorganisation „AMUK".

Anti-Zentralismus. Macht durch das Volk, Macht durch die Schülerschaft. Unterricht nach den Beschlüssen der Betroffenen. Die Kraft, Produktivität, Rationalität zu leben und menschlich bedingte Schwächen und Fehler möglichst zu vermeiden und zu umgehen. Unsere leidenden Werther sind die Gründer und Principes Inter Pares dieser Organisation. Die Veröffentlichung ihrer Ideen und ihre Ambitionen und Überzeugungskraft haben sie unendlich viel weiter gebracht als irgendeine rohe, überstürzte Tat es je ermöglicht hätte.

Und wie sie alles als möglich erachten, soll auch folgendes geschehen: Die Lehrkraft, welches das nun revolutionierte, früher veraltete und fehlerhafte Bildungssystem so perfekt personifizierte, erlitt einen Zusammenbruch, ähnlich dem des obsoleten Systems. Aufgrund der psychosomatischen Folgen, des Stresses, welchen sie sich durch ihre Tyrannei selbst auferlegte, erlag sie einem

Schlaganfall und wird nun von Vertreterinnen und Vertretern der AMUK zur richtigen Attitüde konvertiert und erfährt eine fundamentale Wendung all ihrer Ansichten. Sie fungiert unter diesen Bedingungen sogar derart produktiv, dass sie als Mitglied des Vorstandes der Organisation hilft, den Schülerinnen und Schülern die Bedingungen und Zustände ermöglicht, welche sie verdienen und benötigen, um die Last der Zukunft auf dem Rücken ihrer Jugend zu tragen. Somit steht sie wie keine andere für die Validität der Überzeugung, dass, wenn der Wille besteht, kein Schritt zu groß zu wagen, keine Verbesserung der nötigen Anstrengung nicht würdig ist, kein schlechter Mensch, kein schlechtes System weder aufgegeben noch verzweifelt aus der Hoffnung auf Verbesserung durch unwirksame Maßnahmen verzweifelt verändert und damit vielleicht noch verschlimmert werden, sondern viel eher neu erfunden werden soll und kann, wenn man nur die Vernunft und den Mut dazu aufbringt.

Ein heldenhafter Hund

Johanna Magdalena Hauptmann (12 Jahre)

Das Interesse fürs Lesen und schließlich auch fürs Schreiben entwickelte ich bereits in frühen Kinderjahren und heute ist es für mich nicht mehr wegzudenken. Ich schreibe gern, weil man in einer Geschichte einfach alles möglich sein lassen kann. An manchen Tagen mag mir gar nichts einfallen, doch dann sehe oder höre ich etwas, das mich inspiriert, das mich auf neue Ideen bringt – und schon habe ich wieder Schwung und schreibe drauf-los. Es können auch ganz kleine Dinge sein, die mir Ideen geben, deswegen kann ich nicht wirklich ein konkretes Beispiel nennen. Später möchte ich dieses Hobby zu meinem Beruf machen, denn etwas Anderes kann ich mir gar nicht vorstellen.

„Vöcklamarkt scheint wirklich der kriminellste Ort in ganz Vöcklabruck zu sein. Schon wieder ein Einbruch! Das ist nicht zu fassen, ganz und gar nicht!"

„Aber Chef! 34-jährige Jungs kommen nun mal oft auf dumme Gedanken, manchmal ist es eben sogar Einbruch. Der Fall wird schnell vom Tisch sein."

„Der Verdächtige ist über alle Berge! Wurde vom Bewohner auf frischer Tat ertappt, sprang über einen Balkon im ersten Stock, blablabla! Nichts davon weist darauf hin, wo er hingerannt ist. Diese Informationen helfen uns nicht, ganz und gar nicht!"

Ich hatte genug! Wie konnte man in Ruhe schlafen, wenn eine solche Streiterei im Gange war?

„Wuff, wuff!" Ich bellte, knurrte, verließ mein kuschliges Körbchen und sprang an Inspektor Erwin Zotter hoch.

„Was ist denn los, Cliff?" Und dann auch noch so dumm zu fragen! Der schlaksige Inspektor geriet aus dem Gleichgewicht und konnte sich nur vor dem Fall bewahren, indem er sich an die Schreibtischkante klammerte.

„Was hast du denn nur?", fragte er wieder, „es ist doch alles in Ordnung." Alles in Ordnung! Was bildeten sich Menschen ein? Dachten sie, sie hätten das Recht, erschöpfte Polizeihunde bei ihrem Nickerchen zu stören? Warum? Weil sie auf zwei Beinen gehen konnten? Weil sie sprechen konnten? Weil sie Daumen hatten?

„Ach so!" Sichtlich stolz, dass ihm etwas eingefallen war, fuhr Zotter fort: „Du bist bestimmt schon aufgeregt, weil du bei der Fahndung mithelfen willst!"

Am liebsten hätte ich die Augen verdreht. Aber wie ging das überhaupt? Egal, „Fahndung" klang interessant.

„Von welcher Fahndung sprechen Sie bitte, Zotter? Ich wurde nicht informiert, ganz und gar nicht." Kommissar Hermann Grübel, der ebenfalls schon die ganze Zeit meine Ruhe störte, legte die Stirn in Falten und zog die fleischige Nase kraus, als ob man ihm seinen Kauknochen weggeschnappt hätte.

„Von der Fahndung, die wir heute noch einleiten werden, Chef. Und Cliff hilft mit."

„Wenn Sie meinen."

War denn das zu fassen? Dieser Kerl hörte sich so an, als traute er mir nicht einmal zu, einen Hundekuchen in einem Blätterhaufen zu finden!

„Zweifeln Sie etwa an Cliffs Fähigkeiten?" Zotter hob die Augenbrauen.

„Oh, nein, Zotter! Ganz und gar nicht."

„Negativ. Bislang keine Spur von dem Verdächtigen", tönte Kollege Siebs raue Stimme aus dem Walkie-Talkie.

„Roger. Suchen Sie über dem Amselwald weiter. Cliff und ich sind auch dort. Over and out!" Zotter seufzte. „Tja, Cliff. Der Hubschrauber ist uns eine weniger große Hilfe als ich gehofft hatte."

Als ob ich das nicht mitbekommen hätte. Ich fand es komplett umsonst, dass Zotter mit seinem riesigen Suchscheinwerfer jeden einzelnen Baum und Strauch ableuchtete. Niemand war in der Nähe, meine Nase täuschte sich nicht.

Plötzlich ließ mich ein Rascheln zusammenzucken.

Zotter richtete seinen überflüssigen Scheinwerfer auf einen Busch und rief: „S-Sie si-sind umstellt!"

Ja, umstellt von Cliff, dem cleversten und tapfersten Polizeihund, der jemals im Dienst gewesen war, und Inspektor Pappnase a.k.a. Zotter. Nichts hätte diesen vermutlich mehr enttäuschen können als die Nachtigall, die unter dem Busch hervor hüpfte. Langsam ging er weiter, ich folgte ihm und streckte immer wieder die Nase in die Luft - irgendeine Spur musste ich doch finden. Als ich zum sechsten Mal angestrengt schnupperte, war es endlich soweit. Eine abenteuerliche Mischung aus Aftershave und Red Bull lag in der Luft - eindeutiger ging es wohl nicht!

„Wuff, wuff!"

Ich rannte los, hörte Zotters eilige Schritte hinter mir, hetzte dem Geruch hinterher. Die Spur führte zu einem entwurzelten Baumstamm. Während Zotter neben mir keuchte, schob ich mit der Schnauze das Laub beiseite. Da! Ein Arm kam zum Vorschein. Ich befreite den Körper weiter von Ästen und Laub, stemmte mich gegen den Baumstamm und rollte ihn beiseite.

„Reife Leistung, Cliff!" In Zotters Stimme schwang Stolz mit. Der enttarnte Verdächtige hatte offenbar erst jetzt realisiert, in welch misslicher Lage er sich befand, er schrie und schlug um sich.

Erschrocken zuckte ich zurück, als ich am Rücken getroffen wurde. Ein Knurren wich aus meiner Kehle. Der Mistkerl wollte es wohl auf die harte Tour! Unter lautem Gekläff ging ich in die Offensive und biss in das erste, was ich zwischen die Zähne bekam.

„Halt ihn fest, Cliff!"

Ach du heiliger Futternapf, was tat ich denn gerade? Der junge Mann konnte nur hilflos herumliegen. Er lamentierte laut in einer Sprache vor sich hin, die ich nicht verstand - zum Glück. Ich sah zu, wie Zotter sein Walkie-Talkie umständlich aus der Tasche an seinem Gürtel fummelte und hineinstammelte:

„Su-Suche abbrechen, wir haben den Verdächtigen ge-, ge-, ich meine gefasst!" Er gab den Kollegen die Koordinaten, beendete das Funkgespräch und lauschte dem Zetern des Geschnappten. „Was ist das bloß für eine Sprache?", überlegte er und legte nachdenklich die Stirn in Falten. „Vielleicht Französisch?"

Die Franzosen … waren das nicht diese sauber gekleideten Leute mit dem Baguette? Dieser Kerl hier sah so aus, als könne er nicht einmal eine schreibe Toast rösten.

„Ich bin ja ein solcher Dummkopf!", rief Zotter plötzlich aus. Dagegen hatte ich ausnahmsweise einmal nichts einzuwenden. „Das ist Rumänisch", stellte er fest, „nicht Französisch."

Der Rumäne, der sich für ein paar Sekunden nicht mehr widersetzt hatte, begann wieder wild zu zappeln. Als ich laut knurrte, hielt er sofort still. Kurz darauf kam bereits Verstärkung, ich konnte den Mann endlich loslassen und ignorierte den Schweißgeschmack auf meiner Zunge. Ich war ein echter Held, da waren mir solche Details sowieso egal – besser gesagt „schweißegal".

Als wir zurück im Polizeibüro waren und ich mein wohlverdientes Schläfchen in meinem Kuschelkorb hielt, wurde Zotter von Grübel über den grünen Klee gelobt. „Sie haben großartige Arbeit geleistet! Der Rumäne befindet sich jetzt in Wels in Untersuchungshaft."

„Eigentlich hat Cliff den Löwen-, ähm, besser gesagt den Hundeanteil erledigt, Chef." Wahre Worte!

„Wirklich überragend! Gutes Hundchen!"

Grübel bückte sich und tätschelte mir den Kopf. Ich ließ es über mich ergehen. Helden steckten jede Demütigung locker weg. Ächzend richtete er sich wieder auf und stapfte zu seinem Schreibtisch. Nachdem er sich auf den Sessel fallen gelassen hatte, meinte er: „By the way, der Rumäne hat jetzt ein Tattoo auf dem Unterarm, aber er ist nicht besonders glücklich damit, ganz und gar nicht."

„Wie meinen Sie das?"

„Hohoho, er hat einen netten Gebissabdruck abbekommen. Clark muss seine Sache ja wirklich ernst genommen haben. Er war nicht zimperlich, ganz und gar nicht."

„Cliff, Chef. Er heißt Cliff."

„Wie auch immer, ich gratuliere Ihnen beiden noch einmal zu ihrem Erfolg. Und natürlich habe ich nie an Ihnen gezweifelt, ganz und gar nicht."

„Vielen Dank, Chef." Zotter klang unglaublich glücklich. Genauso glücklich, wie auch ich war. Egal, ob Grübel mich ein „Gutes Hundchen" nannte oder „Clark", ich war sowieso der Held des Tages.